▲天然の幻のキノコを求めて

▲目の前に突然現れた大きな「ハナビラタケ」

▲半分生きているような木の折れた場所にも出ていたりする

▲こんな所にも？と思うような場所に出ている事もある

天然のキノコがもたらした奇跡
自然界の不思議

大病院の専門医に余命宣告された末期がん患者が…

白河滑津男
Shirakawa Katsuo

風詠社

目次

装幀　２ＤＡＹ

自然界の不思議

――天然のキノコがもたらした奇跡――

大病院の専門医に余命宣告された末期がん患者が……

古代人の生活

現在、地球上に住んでいる人間は、全て旧人から進化した新人の「ホモ・サピエンス」である。

そのホモ・サピエンスは、今から約七百万年位前にアフリカ大陸に誕生した「類人猿」を祖先とし、その後、猿人・原人・旧人・新人へと進化するが、この旧人である「ホモ・エレクトス」から約二十万年位前にアフリカ大陸に誕生したのが、新人のホモ・サピエンスである。

そして、このホモ・サピエンスが世界に向けて拡散を始めたのは、今から約七万年〜十万年位前ではないかと言われている。

しかし、これも年々の研究やその当時の骨類の発見等により、その拡散を始めた年代も年を追うごとに変化して来ている。

そして、そのホモ・サピエンスは、その後、ヨーロッパやアジア等へと流れたが、地元に残った人類は、ネグロイド（黒色）、ヨーロッパへ流れた人類は、コーカソイド（白色）、アジアへ流れた人類は、モンゴロイド（黄色又は黄褐色）と変化する。

そして、地元に残った黒人のネグロイドは、アフリカ大陸と言う熱くて乾燥した地域のため、それに順応し、肌も出来るだけ太陽光による日射に侵されにくい黒色となり、髪も太くて縮れるように進化したのである。

また、ヨーロッパへ流れた白人のコーカソイドは、寒くて日照時間の短い地域のため、そのような気候の条件下で生き抜くために、肌は白くなり、目は黒から褐色へ、そして更に青色へと進化し、出来るだけ太陽光を吸収して、ビタミン等を取り入れやすい体へと進化して行った。

また、アジアへ流れたモンゴロイドは、幼児期に背中の下部に「蒙古斑《もうこはん》」と言う「青痣《あおあざ》」を付けることを特徴とするが、肌は黄色となり、そして、それから更にインドやそれ以南の赤道方面へ流れた人類は、その熱や太陽光に耐えるため、肌が黄褐色へと変化し、目も漆黒色と変化して行くのである。

そして、ヨーロッパ方面へ流れたコーカソイドは、その流れに沿って、「エジプト文明」やメソポタミア文明」を生みながら進化する。また、アジアからシベリアへ、そして、アラスカを経て北アメリカへ達したモンゴロイドは、アメリカインディアンとなり、更に南下して中央アメリカでは「マヤ、アステカ文明」を生み、更にその先の南アメリカでは「アンデス文明」を生み、夫々の地で進化しながら繁栄して行くのである。

このように、色々な形で地球上の各地へ拡散したホモ・サピエンスは、夫々のルートに於いて、まだ生き残っていた旧人のネアンデルタール人や色々な動植物と闘い乍ら繁栄し、最終的には「地球上を席巻《せっけん》」する事になるわけである。

しかし、最近の医学の発達により、ＤＮＡを分析した結果、このホモ・サピエンスの中でも、ヨーロッパへ流れたコーカソイドやアジアへ流れたモンゴロイドの一部には、ホモ・サピエンスより体が大型で、脳の容積もホモ・サピエンスの千三百五十ミリリットルに対し千四百九十ミリリットルもあり、極寒地でも生き貫くことの出来る体質を持った「ネアンデルタール人」のＤＮＡが、二パーセント位含まれていることが分かったと言われている。

しかし、ホモ・サピエンスの発祥の地である、アフリカに住むホモ・サピエンスには、それが含まれていないという。

そして、中国大陸を中心として繁栄したモンゴロイドは、その後朝鮮半島などを経て日本へも渡来し、石器・縄文・弥生時代へと進化するが、それと共に日本国内の各地へ拡散して行くのである。

そして、その後は、南方からやって来た「隼人族《はやとぞく》や熊襲族《くまそぞく》」、それに北方からやって来た「アイヌ族」等と混血しながら繁栄して行く事になるのである。

しかし、このような時代を経る過程において、これらの古代人たちは一体どのような生活をしていたのであろうか。

ましてやこの時代は、食料も春夏秋冬を通じて一定せず、その場その場で糧《かて》を求め、成り行き任せのような状態にありながら、家族全員の食料の調達をしつつ日々を凌《しの》いでいたわけである。

また、このような状況の中で、彼らは疫病、怪我、食中毒と言ったものや生物本来の内臓や骨やその他の体内に発生する色々な疾病《しっぺい》から、どのようにして逃れ、どのようにして生き延びて来ることが出来たのであろうか。

また、その後も、有史以来日本に西洋医学が入って来る江戸から明治時代に至るまでの長いながい道程《どうてい》に於いても、その生活状況は然程《さほど》変わらず、言語に絶する多難なものであった事は間違いない。

そして、このように気の遠くなるような長いながい歳月に於いて、滔々《とうとう》と受け継がれて来た命脈は、夫々どのような過程を経ながら今日に至ったのであろうか。

ましてやこの時代は、当然のことながら、西洋医学的知識も全くなく、体の構造や色々な病にかかるメカニズム等の知識も全くない中での生活である。

そして、病気に掛っても、せいぜい「祈祷師」に拝んでもらったり、色々な呪《まじな》いをするのがせめてもの慰めであった筈である。

従って、食料を始め日常の諸事全般に亘っての生活全てに於いて、自給自足による自然を相手の生活であるから、長い年月を経るうちには、食料にせよ、医療にせよ、数十万、数百万回という無限に近い回数の失敗と成功を繰り返し、その累積された経験の積み重ねによって、今日までこうして、我々が生き延び、生を受けることが出来た事は間違いないのである。

そして、モンゴロイド発祥の地である中国地方に於いては、その対抗策として、長いながい経験に基づいた「生薬を元とする漢方薬」が生み出されたのである。

そして、それらは、日本へも漢字や仏教や色々な文化の伝来と共に伝えられ、それが日本の東洋医学の原点となっているのである。

それにより、我が国に於いても、この漢方薬を主体とした「東洋医学」が根付き、今日に至るのである。

従って、「富山の置き薬」や「越後の毒消」、それに全国各地に見られる、先祖伝来の所謂《いわゆる》「家伝薬」と称する「秘薬」等も、その殆どがこれらに起因するものが多いのである。

このように、わが国では、昔から、例えば、お腹が痛くなれば「熊の胆《い》」や「ゲンノショウコ」を飲んだり、下痢をしたら「センブリ」を煎じて飲むというようになったのである。

しかし、その中国では、それらの漢方薬を生み出すと共に、また一方で考えられてきたのが、「医食同源」と言う考え方であった。

そして、その基本は、先ず、病気に掛かったから治すのではなく、その病気に掛かる前に、掛からないような方策をとる事に重点を置くのである。

そして、その考え方は、日常生活の中に取り入れられ、薬膳料理として、漢方薬である「草木鳥獣」をどんどん取り入れ、利用されて来たのである。

それに、その漢方薬的料理も、我々日本人が想像つかないようなものから、これが薬なの?と首を傾げるようなものまであり、その数は、実に無限と言っても過言ではない程存在する。

しかもその料理は、誰が食べても実においしく作られるのであるから驚かされる。

そして、それらを、先ず病気になる前に、「医食同源」と言う考え方から、体に良いとされるあらゆる「漢方薬的食料」をどんどん食事に取入れ、病気にならない体を作る事に重点を置くのである。

そして、それでも病気になった場合には、今度は何万種もある漢方薬の中から最も適したものを選び出し、これもまた何万通りもある多種多様な「組み合わせ法」により、最善の物を調合して服薬するわけである。

また、東南アジアの島々に住む多くの先住民等も、先祖から代々伝承されて来た草木を主体とした生薬を採取し、それを利用することにより、長年に亘って命脈を保ちながら自給自足の生活によって今日に命脈を繋げているのである。

また、近年になってインドネシアのジャワ島に程近いフローレス島の洞窟内で発見され、一躍脚光を浴びた「小人族のフロレシエンシス（フローレス原人）」等も、あのような小さな島内に於いて、幾十万年もの間生き抜いて来る事が出来たのも、ニューギニアやボルネオ島に住む先住民と同じように、自然の草木鳥獣を相手に、それと調和し、アフリカ象やインド象のように大型なものに対し、ボルネオ象が島内の少ない食料の中で小型化され進化したように、このフロレシエンシスも、この小さな島内で乏しい食料を分かち合い、自然の生薬を利用しながら細々と生きているうちに、平均身長が一メートル二十センチ、脳の体積が現代人の千三百五十ミリリットルに対し、僅か四百五十ミリリットルという風に、驚くほどに小型化され、生き抜いて来る事が出来たものと考えられているのである。

この外、南米ブラジルのアマゾン川流域にも、日本人と同じモンゴロイドの多くの原住民の部族が現存するが、これらもみな、同じように代々受け継がれて来た「草木鳥獣」から創出された、ありとあらゆる薬物によって今日まで命脈を保つことが出来たわけである。

そして現在、これらの薬物に対し、世界中の超一流の製薬会社が、東南アジアの熱帯雨林や南米ブラジルのアマゾン川流域の奥深いジャングルに分け入り、それらを採取し、今までの西洋医学では考えられなかったような良薬を作り出し、実際に現在我々が服用している薬の中にもどんどん取り入れられているのである。

また、日本では、昔から我々の生活の中へどんどん取り入れられているものに、納豆・麹《こうじ》・味噌を始め、飯鮨《いいずし》・糠味噌漬《ぬかみそづけ》など、実に多く見られるが、これらは全て、夫々のものに含まれている「菌」が、我々人間の見えない所で、腐敗菌やその他の外敵から自分を守るために一生懸命に戦い、それに勝利しているものばかりである。

その為、その結果として、その物が腐敗せず長持ちが出来、それを食べる事によって健康な体を保つことが出来るという結果になるのである。

従って、我々が、それを摂り入れる事により、これらの物が人間の体の中でその人に対して害を及ぼすものと戦ってくれるために、体に良いという事になる訳である。

それはつまり、裏を返せば、我々のような地球上に存在する生物に対して、命脈を保ち生き延びられるように、自然が与えてくれた産物なのである。

そして、近年になりこれらの研究がどんどん進み、現在に於いては、大学や製薬会社の学者たちは、ごみ溜めを引っ繰り返したり、山奥から腐葉土を持ち帰ったり、林の中の苔《こけ》を分析してみたりして、その中に何か、人の体に役に立つものがないだろうかと、血眼になって新商品の開発に当たっているのである。

さて、話を元に戻すが、日本の縄文・弥生時代ごろの人間の平均年齢は、凡そ三十才代前半位だったのではないかと言われている。

従って、婚期もそれ相応に若く、十才~十二才位であったのではないかと言われている。

そして、このうち縄文時代ごろの古代人は、日本のような小さな島国であっても、極《ご》海《く》岸に近い所に住んだ者たちは別として、多くの者は、内陸部の川や沼や泉に面した台地に住んでいた。

その為、過酷な食料調達のための遠出《とおで》や、鉄器を持たない中での木の伐採やその他さまざまな重労働をする上で、多量の発汗により多くのミネラル分を消費し、それを補給する必要があったが、その不利な地域的条件により、塩分によるミネラルの補給等は極めて少なく、満足に摂取する事は出来なかった筈である。

また、その後、稲作が行われるようになってからの弥生時代であっても、その条件は同じであった筈である。

また、日常の食料についても、「貝塚」等の発掘によっても明らかなように、タンパク源としては、中々捕らえることの出来ない熊や鹿や猪のような肉類はめったに口に入らず、大体がそれ程労せずに取れるシジミ・アサリ・ハマグリ・牡蠣《かき》などの貝類などが中心であったものと思われる。

この外陸上の食物としては、遺跡から発掘される土器の底に残って炭化した木の実やタネ、それに微量に残っている花粉の分析などによっても分かるように、栗やどんぐりのような木の実を主食とし、その他自然薯・葛・烏瓜《からすうり》・カタクリ等の草根類からの澱粉類や木の葉・山菜・草の根・キノコ等も可成りの頻度《ひんど》で食べられていたものと考えられる。

また、塩分によるミネラルの補給が難しいため、これらを食べるうえでの調味料的存在としては、草木瓜《くさぼけ》の果実や虎杖《いたどり》や酢漿草《かたばみ》のような酸っぱい木の実や草類等も合わせて食べていたのではないかと考えられる。

その為、旱魃《かんばつ》や冷害によって、これらの野山の木の実や草根類が不作の年は、野山を走り廻り毒以外のあらゆるものを取り漁って食べていた筈である。

従って、長い間このような生活を送って来た祖先のＤＮＡを受け継いで来た日本人であるからこそ、「塩分は一日十グラム」以下でなければならない体質が生まれ、肉や脂肪を摂りすぎるとメタボになり、色々な疾病の発症につながる体質が出来上がってしまったものと考えられるのである。

そして、このように過酷な生活をする上には、可成りのリスクを伴う事は当然で、毒草や毒キノコなどを食べて中毒死する者も沢山いた筈である。

そして、その毒から逃れるために、その辺りに存在するあらゆるものを口にし、「毒消し薬」の発見に繋がったり、それを吐き出させる草や腹痛を改善する薬草を見付けたりしたものと思われる。

そして、代々長年に亘ってこのような生活を続けているうちに、「これは毒だ。これは旨い。これは辛いが食べられる。これは苦いが腹が痛い時に食べると治る」と言ったように、失敗と成功を繰り返し、これら多くの経験が一つ一つ積み上げられ、作り出されたものが古代人の体質であり、そのＤＮＡが現在の日本人の体質として受け継がれてきたものと考えられるのである。

従って、同じホモ・サピエンスの現代人であっても、地球上の夫々の住む場所によって、種々雑多な体質を持った人間が生まれて来るわけである。

その為、例えば西欧に住む「コーカソイド」のイギリス、フランス、スペイン、ポルトガル人等は、特に中世から近世にかけては、地球上の各地に多くの植民地を保有し、裕福な生活をしていたため、それらの地から入って来る溢れる程の財力によって、毎日遊びながら小麦や肉類を主食とし、豊かな生活を送っていた。

その為、体が大きくメタボになる人も多いが、それが代々受け継がれて来た生活習慣であり体質であるから、別に何の問題もなく一生を送る事が出来るのである。

また、「モンゴロイド」の本拠地である「蒙古地方」は、羊《ひつじ》などの牧畜を生業《なりわい》とする遊牧の民であるため、羊の肉が主食である。

その為、米や小麦類の澱粉から成る炭水化物は殆ど摂らず、また、野菜類も全くと言っていい位食べないため、それらのものからのビタミン類の摂取もない。

そして、殆ど毎日毎日羊の肉やチーズばかり食べ、バター茶を飲んで生活している。

しかし、それでも体に必要な栄養分は、この羊肉や羊乳やバター茶等から摂取しているため、体には何の支障もなく平気で生活して行けるのである。

もし、これが日本人であったなら、恐らく一年も経たずに死んでしまうであろうと思われる。

しかし、これが長い間育まれ受け継がれて来た東洋人や西洋人の生き方であり、ダーウィンの進化論で有名なガラパゴス諸島に生息するウミイグアナやリクイグアナのように、同じホモ・サピエンスを祖とする人間でありながら、長いながい歳月をかけて進化して来る間に、西洋人やアジア大陸の内陸部に住む人間とは異なった日本人特有の体質を持つようになり、その遺伝子が組み込まれたＤＮＡであるために、このような現象が起きるわけである。

現代人へのＤＮＡ

毎日毎日が不安定で、日常の食料にも乏しく、医療に対する知識も全くない状態での生活の中で、長年に亘って作り出された日本の古代人のＤＮＡは、その後、奈良―平安―鎌倉―室町―安土桃山―江戸―明治―大正―昭和―平成―令和と、凡そ千数百年にも亘って受け継がれて来た。

しかし、この間も、この古代人と然程《さほど》変わりのないような稗《ひえ》・粟《あわ》・蕎麦《そば》などから得た炭水化物に、多少の野菜や山菜から得たビタミン、それに海や沼川の魚介類から得た少々のタンパク質などを主体に、それも常日頃腹八分目《つねひごろはらはちぶんめ》にも満たないような貧しい生活をして来ている。

ところが、近年の日本は、国が豊かになった事と科学の躍進により、食生活も洋風化され、また、科学の力により今まで考えられなかったような、食材が開発され、此処《ここ》僅《わず》か四十年位前からは、今までとは比較にならないような豊饒《ほうじょう》な生活をするようになった。

そして、暖房や冷房の技術がどんどんと開発され、従来「春夏秋冬」によってはっきりと区別されていた魚介類や野菜類などは、真冬のものが真夏に、真夏のものが真冬に店頭に並び、また、地球上に於ける流通革命により、南半球のニュージーランド産の夏物が、真冬の日本へ入って来て店頭に並び売られたりしている。

そして、その豊かさ故に、肉であろうが、乳製品であろうが、魚介類であろうが、脂肪や塩分の摂りすぎもお構いなく、胃腸に休む遑《いとま》も与えず摂《と》りにとっている。

その為、古代から滔々《とうとう》と受け継がれて来た、質素で多少の飢餓《きが》にも耐え得る強靭《きょうじん》なＤＮＡも、この急激な変化により、これを受け入れる事が出来ずギブアップしてしまうのである。

そして、現在、医療機関や自治体などでは良く、「肉や脂肪の摂取を減らし、メタボにならないように注意しましょう」とか「塩分は一日十グラム以下に抑えましょう」等と言われるが、これは正に、現在我々が驕《おご》りに奢《おご》って、食べたいものを鱈腹《たらふく》食べ、肥《ふと》りすぎている体質を「古代人やごく近代までの長い間、肉や塩分の摂取が出来難い時代に形成された体の状態に近付け、健康を保つようにしましょう」と言う事に他ならないのである。

そして、このような食生活に起因すると考えられる病で、現在、日本の三大疾病《しっぺい》と言われる「癌・心臓疾患・脳卒中」等が日を追って増えている。

その為、これらの疾病《しっぺい》の発症が如実《にょじつ》に現れて来たのは、正しく、日本が豊かになり国民全体が好きなものを制限無く、ふんだんに食べられるようになった、昭和の後期ごろからなのである。

そして、前条でも述べたように、同じホモ・サピエンスであっても、ヨーロッパ地方へ流れた「コーカソイド」は、肉や小麦を主食とし、多くの肉を摂取しても何の問題も起こらないのに、アジアに於いて繁栄したモンゴロイドの中でも、特に日本人は、つい最近まで受け継がれて来た質素な食事によって作り上げられた体質のＤＮＡが、ごく最近の飽食によって覆《くつがえ》され、それに体が付いて行けなくなり、近代病と言われる病が次々と現れるようになったのである。

しかし、これとは逆に、同じ動物性のタンパク質や脂肪であっても、背中の青いイワシ・アジ・サンマ・サバのような魚類は、血流も良くなり健康にいいので、どんどん食べるようにと言うのであるから、全く変な話である。

尤もこれは、周りを海に囲まれた日本のような島国に於いて、このような比較的海岸の浅瀬で手軽に捕れる魚を、どんどん捕まえて長年に亘って食べ、それによって育まれ作られて来たＤＮＡであるからではないかと考えられるのである。

そして、現在我々は、医学が発達し、食にも事欠くこともなく、体力が余るほどあるのに、工業にせよ、農業にせよ、漁業にせよ、また頭脳労働にせよ、その労働の殆どを機械化し、その機械の力によって、それ程の体力を使う必要もなくなり、楽をして優雅に暮らしているにも拘わらず、病気に罹る者や短命者が増えているのである。

そして、毎日毎日好きなものを鱈腹食べ、その挙句《あげく》肥りすぎた体形や膨《ふく》らんだ顔貌《がんぼう》を気にし、大金をかけて整形手術をしたり、ダイエットに苦労しているというのであるから、全く不思議な世の中である。

このような馬鹿げた現象は一体何故《なぜ》なのであろうか。

そして現在、明治～昭和の前期ごろにかけてこの世に誕生し、一汁一菜を常とし、ろくな御馳走も食べず、一日の休みもなく、一年中働き詰めに働いて生きて来た老父母が、眼鏡も掛けずに針仕事をし、九十才を過ぎても平気で野良仕事に励んでいるというのに、これと言った体力労働もせず、多くの休日を作り遊びに興じ楽な生活をしている子供の方が、親よりも先にどんどん死んで行くと言うのは一体どういう事であろうか。

そこで筆者は、病になったから、その病を治すのではなく、金銭面に余裕があっても、現在の生活習慣を破棄し、少なくともライフスタイルを昭和時代まで巻き戻し、それに奢《おご》る事なく、体力を使い、質素倹約を旨とするような生活に切り替えて行けば、必ず現代病は半減すると思うのである。

しかし、それでも、この地球上にはどうしても避けることの出来ない病が存在する。それは「細菌による伝染病」と「悪性細胞の増殖による種々の癌」である。

このうち伝染病は、抗生物質を始め色々な妙薬や治療方法が開発され、殆どのものが完治出来るようになった。

しかし、唯一「癌」に関しては、これ程医学が発達したにも関わらず、現在のところこの方法なら間違いなく百パーセント完治できるといった治療法が見つかっていないのが現状である。

ただ唯一、これからの治療法としては、この度ノーベル医学・生理学賞を受賞した京都大学特別教授の本庶佑氏が、開発の道を開いた免疫チェックポイント阻害薬「オプジーボ」がある。

これは現在各分野に於いて、癌の治療法として次々と取り入れられ、利用されつつあると言われている。

しかし筆者は、医者でも薬剤師でもなく、医療に関しての知識は全くないので、迂闊なことは言えないが、この他にも、この地球上には必ず、色々な病気に対して、自然が与えてくれた「その病と闘ってそれを完治させる事の出来る物質」が必ず存在すると思うのである。

それは、二十万年も前にアフリカ大陸に誕生した現代人の祖先であるホモ・サピエンスが、地球上の全てのものを席巻し、現在まで命脈を保ち、万物の霊長であると称して君臨出来るようになったのは、この地球上には、それを滅ぼそうとするものと、それとは真逆に、それを助けるために生まれて来るものが必ず存在すると考えるからである。

そして、その助けるために生まれて来たものを逸早《いちはや》く発見し、この世を生き抜くための術を見つけ出し、それらをうまく噛み合わせることが出来た者のみが、この世の勝者となり、現在の地球上に存在しているのではないかと考えるからである。

従って、ホモ・サピエンスは、それらを次々と発見開発し、それをベースにこの地球上に於いて生き抜く術を編み出し利用して来たからこそ、命脈を現在に繋げることが出来たのではないかと考えるのである。

しかし、これは唯一人間のみに限らず、この地球上に存在する動植物全てに亘って言える事である。

例えば、我々の身近に存在するツキノワグマ等もその一例である。

それは、ツキノワグマは、食べ物が殆どなくなる冬の間は、土の穴の中や木の洞《うろ》の中でエネルギーの消耗を少なくするため体温を下げ、全く何も食べず、水一滴飲まずに冬眠する。

そして春になり、あちらこちらの地面から食べ物としての色々な若芽が出て来るころになると、目覚めて穴から這い出すのである。

尤も、このように冬の間冬眠をするものは、このツキノワグマに限らず、蛙や蛇、それに蜂や蝶のような虫の類に至るまで多く見られる。

それにしても、これらの生物は、このように冬眠をする事によって、食料の無い期間を送るという方法をどうして出来るようになったのであろうか。

もし人間が、このようなことが出来たなら、どんなに生活も楽になる事であろうか。

しかし、熊は生まれながらにして、ちゃんとその事を身に着けて来るのである。

そして、ツキノワグマは、春から秋にかけての食べ物が豊富な時期は、草や木の葉・石の下の蟻・朽ち果てた木の中の幼虫・ミツバチの巣等を見付けては、それを捕って食べ、極普通の生活をして暮らしている。

そして、冬眠を前にしての晩秋は、ドングリ・栗・ブナの実・山ぶどうなどをどんどん食べ、体に脂肪を蓄えて冬眠に入る。

しかし、雌は、その飲まず食わずの冬眠中に、暖期に身ごもった子を産み、その秋に蓄えられた体内の脂肪により、母乳が造られ、それによってその子を育て、歩けるようにまで育った子を伴って穴から出て来るのである。

そして、その穴から出て来た親熊は、雄も同じであるが、出て来るや地面に芽生えたばかりの「毒草」を食べるのである。

それは、秋に腹一杯食べた木の実などが冬眠中にすっかり消化され、腸内にぎっしりと固まって残った糟《かす》をフンとして体外に出すための行動である。

しかも、それは毒草の為、多く食べると中毒して死に繋がってしまう。

そこで熊は、その腸に残っている分量に合わせた量を食べるらしいのである。

そのことは、以前テレビか何かで、ある動物学者が語っていたのを見たことがあったが、筆者も那須の山小屋の付近で、その為に食べた毒草の食べた跡や、それによって排泄《はいせつ》された「真っ黒い糞」を何度となく見ている。

そして、その真っ黒い糞は、まるで牛の糞のようにべたつき、中には山ぶどうやその他のタネ類等が沢山混じっている。

しかし、その量の多さには圧倒される。

その結果、熊たちの腸内は煙突の煤《すす》を払ったようにすっかり掃除され、従来の体調に戻るのである。

そして、その後からは愈々《いよいよ》本当の滋養《じよう》を取るための新芽を食べ始める。

そして、その後は、普通の餌によって作られた普通の色をし、形も人間や犬のような糞に変わるのである。

それにしても、このように、食べ物の無い冬の時期は、エネルギーを温存するために体温を下げ、穴の中で寝て暮らし、春になったら穴から出て、いの一番に冬の間に食物の糟《かす》が溜《たま》まった腸の中の掃除をし、また普通の生活に入るなど、一体どのような過程で習得し、何時ごろから行われて来たのであろうか。

また、ニホンジカの雄《おす》は、秋に雌《めす》鹿を巡って雄同士が文字どおりの「角突き合わせ」の闘争をする。

そして、その戦いによって勝者が決まり、勝利を得たその雄鹿は、数頭から十数頭の雌鹿を従えるハーレムをつくり、夫々の雌鹿の発情期を窺い、受け入れ態勢が整ったものから次々と交尾をし、それが終わると厳しい食料難の厳冬期に入る。

そして、初春の四～五月ごろになると、今度は、そのいらなくなった角は、根元から自然に欠け落ちてしまうのである。

しかし、今度はまた、その年の秋に向けて再び戦いに使う、より大きくてしっかりした角を造らなければならない。

しかも、それは、五月から夏ごろに掛けての僅かな期間にである。

そのため雄鹿は、その抜け落ちた角の所に、再び太くて毛の生えた柔らかな角を出し、それをまた、更に頑丈で大きな角に育て、更にそれを樹木や岩で磨き上げ、つるつるで先の尖った戦用の角に作り上げるわけである。

それには、多くの血液と大量のカルシウムを必要とするが、それを、その短期間にどんどん摂取し補給しなければならない。

そこで鹿は、自分が落とした角や他の鹿が落とした角を見つけては、誰にも取られないうちに先取りし、持ち歩いてまた食べるらしいのである。

それは、筆者が多くの山歩きをしているうちに気が付いたことで、その落としたばかりの角も幾つか見つけて持っているが、それとは別に、角の先端から根本近くまで齧《かじ》って食べ、その付け根の太い所は、幾等齧《かじ》っても堅くて噛《か》み切れずに残したと思われる「歯形」の付いたものを偶然にも見つけたからである。

そこで筆者は、これはキツネやタヌキやそれ以下の小動物では堅くて歯が立たないし、熊が食べたとすれば歯形が異なるので、これは恐らく鹿たちが短期間に多くのカルシウムを摂取し、補給する必要性から、自らの頭から欠け落ちた角や他の鹿が落とした角を競って取り合い食べた証拠である、と結論付けたのである。

その為か、自分が今まで登った多くの山々には、あれ程多くの鹿が棲息し、毎年春になると多くの角を落している筈なのに、幾等広い山中であるとは言っても滅多に出くわすことがないのである。

また、話が変わるが、この外、アフリカのサバンナに棲息する鯰《なまず》の一種には、乾季が来て川や沼だったところの水がすっかり干上がり、辺り一面の草も枯れ、魚や動物等一切の生物が棲めなくなる前に、それを見越し、川底に泥で自分の体を包む「カプセル」を造り、乾季中はその中で過ごし、雨季がやって来て雨が降り、また元の川になるとその中から出て、また普通の生活に入るというものが居る。

また、中には、乾季に入る前に産卵し、魚卵の形でからからに乾いた灼熱の大地の干上がった川底の中で、丁度、種物屋で売っている紙袋に入った野菜の種のように、からからに干上った姿で乾季を遣り過ごし、雨季に入り雨が降って来てその場が川に戻ると、その卵から再び魚が孵化するという、誠に不思議な処世術を持った魚もいる。

また、オーストラリアには、山火事になり外皮が焼けないと芽を出さない木の実や草のタネもあると言われている。

それに、熱帯雨林に生息するカメレオンやハナカマキリのように、我が身の保身と捕食する相手を誑《たぶら》かす為に、自然に存在するものに対し「擬態《ぎたい》」したりするものもいる。

また、この外、この地球上に於いて命脈を保つために、数年か十数年に一度の周期で大発生し、子孫をこの世に残す蝗《いなご》やバッタもいる。

そして、その現象は、日本のセミなどにも見られる。

このように、現在、この地球上に生き残っている全ての生物は、ありとあらゆる知恵を絞って、この地球上に生き残る処世術を身に付けた者ばかりなのである。

それを考えると、この地球上の自然に対する生き物たちの、この世を生き抜くための知恵には只々驚かされるのである。

それ故に、現在より遥かに多い動植物の中から、淘汰されずにこうして地球上に生き残って来られたのである。

さて、話を元に戻すが、そして、その滅ぼそうとするものと、生かそうとするものとの戦いの中で、その生かそうとするものを逸早く発見し取り入れ、更にその場その場に順応《じゅんのう》し生きる術《すべ》を見つけることが出来た者のみが現在に於いても存在し、それを発見出来ずその場に順応出来なかったものは動物植物に限らず、この地球上から淘汰され消えて行ったのではないかと考えるのである。

従って、現在この地球上に存在するものは、害獣・益獣・害虫・益虫・毒草・薬草に限らず、全てに亘って必要な物であって、不要なものは存在しないのではないかと考えるのである。

それにより、この現在の地球上のバランスが保たれ、維持されているのではないかと考えるのである。

ところが現在、この地球上に於いて唯一、「万物の霊長」であると言って、驕《おご》り高ぶっている「人間」は、自分たちが生存して行く上で都合の悪い動物は、「害獣」と言って駆除し、作物を作るのに邪魔なものは雑草と決めつけ、根まで枯らしてしまう「除草剤」を開発し、絶滅に追い込もうとしている。

また、過去に於いても人間は、不治の病と言われた肺結核や天然痘等と闘い乍ら、遂にはその治療法を編み出し、それに打ち勝ち生き残ってきたわけである。

しかし、不思議な事に、過去に野口英世が研究中にその病にかかり、それに冒され死亡した事で有名な「黄熱病」を始め、最近になり非常に死亡率が高く治療法の難しい「エボラ出血熱」、それに「エイズ」のような奇病は、主にホモ・サピエンスの発祥地である「アフリカ大陸」から発生するのは一体どういう事であろうか。

現在、この地球上に存在する全ての人間の祖先であるホモ・サピエンスの「起源」と、このような難しい病の発症に、何か我々の目には見えない「ＤＮＡ的相関関係」が存在するような気がしてならないのである。

そして、現在に於いても、人間に限らず「草木鳥獣」全てに於いて、それをこの地球上から消そうとして種々雑多な物質が次々と生まれ、逆にそれに対する耐性が生まれ、また人の手によってそれを絶滅させるものが開発されるという事を繰り返し、この鼬《いたち》ごっこが過去から未来永劫続く事になる事であろうと思われる。

そして、現在に於いても、この地球上から消えようとしている「絶滅危惧種」が数限りなく増え続け、その度合いによってランク付けされ保護されているのである。

従って、筆者は、次条の「ハナビラタケ」も、この地球上に存在する「人間」に対し、地球上から淘汰されるのを防ごうとする物質の中の一つなのではないかと考えている。

しかし、筆者のような医学に対しての全くの素人には、そのメカニズムを説明せよと言われても無理であるが、後記の「症例」は、正しくこれを如実に物語るものではないかと思うのである。

幻のキノコとの出会い

筆者は、地方で生まれて育ったせいかも知れないが、自然が大好きで、コンクリートの上はどうも性《しょう》に合わない。

その為、生活するのには矢張り地べたがないと生きていけない質《たち》である。

中でも、山と川が大好きで、川では魚釣りが遊びの中の大部分を占め、特に若いころは、休日の前の日の夕方になるとリール竿を五、六本持って夜釣りに出掛け、竿の先に鈴を付けた「鯉の吸い込み釣り」を、夜を徹してやっていた。

山の方は、専ら登山が好きで、仕事の関係で遠くへ遠征する事は出来なかったが、大体、南は富士山から北は岩手県の早池峰《はやちね》山辺りにかけてがプレーゾーンで、特に東京から見える殆どの山は、幾度となく登っており、現在までに凡そ五百座位は制覇《せいは》したのではないかと思われる。

山には、その山その山の夫々の特徴があり、また、その季節季節によって全く様相が異なり、それに平地と違って高低差があるため、春の新緑の芽吹き方や、秋の紅葉の進み方も、麓から頂上まで一か月もかかる所は幾等でもある。

その為、一日一日に変化が見られ、その変化に富んだ奥深さは一生かかっても、その全容を見極めることは出来ない程である。

それ故、なお一層興味が湧き、遂病《つい》みつきになってしまうのである。

そして、荒々しい岩相を見たいならあの山、花を愛《め》でたいならこの山、紅葉を見たいならあの山と、夫々その山の特徴を頭に描いて、その季節季節を選んで登ることが多い。

しかし筆者は、「登山者用の地図」に書かれているような一般の平凡な「登山道」を歩くのにはあまり興味がなく、大体は地図に書いてある登山道をキープしながら、そこから五十～百メートル位離れた人跡未踏の原生林の中を歩き、草木の植生や鳥獣の生態を探りながら歩くのが好きである。

その為、筆者は、このような時に山に迷った時の心得として、戦前に佐官《さかん》（陸軍少佐）であった叔父より教訓された事を頭に置き、何時もそれによって行動していた。

それは、戦前の大日本帝国の旧日本軍の幹部と言うものは、大勢の軍隊を率いて歩くための厳しい特訓を受けていた。

例えば、旧満州の地平線の続く見渡す限りの草原に、多くの部下を伴って踏み入り、又南洋諸島の熱帯のジャングルに大部隊を率いて攻め込んだ時に、部隊長が道に迷ったでは済まされない。

ましてや、命を懸けての激戦の中である。

それこそ軍法会議に掛けられる懲罰《ちょうばつ》問題であり、腹を切らねばならない。

そこで、士官学校に於いては、このような、道もなく方向すら分からない時に、どうして自分たちのいる場所を割り出し、進むべき方向を察知するか等の教育を徹底的に叩き込まれたのである。

そして、戦後になり、その叔父から筆者が色々なことを伝授されたが、その中から、その一部を紹介すると次のようなものである。

それは、先ず、方角の見方は、自分の持っている懐中時計か腕時計を取り出し、その時計の「短針」を太陽の方向に向ける。

そして、文字盤を見て十二時に当たる方角が「南」である。

従って、これにより「東西南北」がはっきり分かる訳である。

また、地図には必ず「N方向の矢印」があるから、これにその時計と組み合わせれば、おのずから自分の居る場所を割り出すことが出来ると言う訳である。

それでは太陽が出ていない曇った日や雨の日はどうするか。

そのような時は、木の「切り株」を探してそれを見る。

そして、その切り株の表面を見て年輪の幅が狭い方が北であり、広い方が南である。

それでは、全くの密林に紛《まぎ》れ込み、切り株などない場合はどうするか。

その時は、大きめの立ち木を一回りして、その立木の肌に苔《こけ》の付いている方が北であり、付いていない方が南である。

また、山を歩いていて下草が生えていない方が北であり、生えている方が南である。

この外、叔父の頭の中には、陸軍士官学校で叩きこまれた我々凡人では、全く理解できないような色々な事が詰まっていた。

そんなわけで叔父は、生前いつも知らない所へ行く時は、地図と腕時計を使ってそれを巧みに操《あやつ》り、誰にも聞かずに最短距離を最短時間で行ったものである。

さて、話を元に戻すが、そして筆者は、正月松の内には、新年初めの初登山として毎年「筑波山」へ登るのが恒例であった。

そして、筑波神社の奥宮である頂上の双耳峰《そうじほう》にある男体山と女体山の神社に初詣をし、今年一年間の山歩きに於いて怪我や遭難などしないように祈願し、その頂上から一面三百六十度の広大な関東平野の大パノラマを眺め、遥か西方に聳《そび》え立つ富士の頂きを拝むのである。

その後正月一杯は、北関東から秩父・奥多摩辺りの低山で足慣らしのトレーニングをするのが通例であった。

それから二月に入り、低木の枝先に淡い黄色の小さな短冊を散りばめたような「万作」の花が咲き、続いてあちこちから「福寿草」の開花のニュースが聞かれるころになると、今度は海抜千メートル位のまだ残雪の残る山へ足を延ばすようになる。

更に五月ごろになり、二千メートル級の山に石楠花《しゃくなげ》が咲くころになると、愈々《いよいよ》登山シーズンの到来である。

すると今度は、まだ残雪の残る奥日光の金精山《こんせいざん》から温泉《ゆせん》ヶ岳に通じる石楠花の群落や安達太良山の石楠花が咲き乱れるトンネル等へ出掛け、それを愛《め》でるのである。

その後、真夏の暑さが増して来ると今度は、奥多摩の雲取山、群馬と長野県境の浅間山、奥日光の日光白根山、会津の平ヶ岳、燧ヶ岳、会津駒ヶ岳などへ足を延ばし涼をとったものである。

また、秋になると今度は、一般の観光地のような紅葉狩りコースとは懸け離れた、山奥のブナやカラマツやダケカンバの独特の紅葉を愛でては楽しんだものである。

しかし、筆者は、冒頭でも記したように、一般の登山道を歩くのはあまり興味がない。

その為、殆どは地図に書かれている登山道から離れて歩き、言わば誰も歩いたことのない原生林を歩き、草木にせよ、鳥獣にせよ、キノコにせよ、その植生や生態を見て歩き、また考察するのが大好きである。

しかし、ただ好きなだけではなく筆者は、仕事の上では、入社以来営業畑一筋で、毎日毎日が血の出るような厳しい対人関係の仕事であったため、そのストレスの発散口としての意味もあったわけである。

そして、その山の頂上に立ち、平地では味わうことの出来ない自然の雄大さに酔いながら、この雄大さに比べ如何《いか》に自分が小さいかを悟《さと》り、一週間に溜まったストレスを体中から吐き出し、滝のような汗と共に流し去り、それを元に自らを鼓舞《こぶ》し、また明日からの仕事のエネルギーとして持ち帰り、それを糧《かて》としてまた一週間頑張るという生活をしていた。

そんなこんなで、一年の休日の大半を使って、このような生活をしている中には、色々なものに遭遇《そうぐう》する事がある。

中でも筆者の人生の中で、奇遇《きぐう》ともいえるような大きな出来事があった。

それは、今から三十数年位前の昭和六十年ごろの事である。

この日は九月上旬ごろの日曜日で、次の日の月曜日からは少々ハードな仕事が重なるため、あまり体力を使わず、少し低い山で散策でもして来ようかと思い、海抜千五百メートル位の某山へ足を向けた。

そして、例によって地図に載っている登山道をキープしながら、その左側の尾根伝いに五十メートル位離れた原生林を散策しながら登頂した。

そして、また散策でもしながら下山しようと思い、今度はその反対側の登山道から三十メートル位離れた原生林を歩いていた。

すると二十メートル位先の斜面の木の根元に、真っ白い丁度「ソフトボール」のようなものがあるのが目に留《と》まった。

そこで筆者は、このような人跡未踏のような山奥に態々《わざわざ》ソフトボールの球を持って来る奴もいないだろうし、こんな山奥で白いものと言えば、白樺の木か変色して白くなった木の葉位なもので、後は過去に何度か見かけた事があるが、何処か遠くの町のイベント会場で飛ばしたバルーンの割れた欠けら位なもので、それ以外は考えられない。

それにしても、人っ子一人いないこのような原生林の薄暗い山奥の樹林の中で、このような物に遭遇すると「宇宙人」か何かと思ったりして、一瞬「ドキッ！」として気味が悪いものである。

しかし筆者は、山歩きは慣れているし、春は山菜、秋はキノコ採り等も大好きで、毎年そのシーズンになると幾度となく山野へ出掛けているので心得ている。

そこで、「アッ！」あれは「キノコだなっ！」と一瞬にして判断が付いた。

とは言っても、矢張り気味が悪いし、半信半疑であったから恐る恐る近づいてみると、豈図《あにはか》らんや、それは紛《まぎ》れもなく、白い葉ボタンのような「丸いキノコ」であった。

そこで、筆者は、一目で「アッ！　このキノコは食えるなっ！」と直感した。

そして、それを採りポリ袋に入れザックに詰めて持ち帰った。

そして帰宅後、それを早速図鑑で調べたところ……

「これは『ハナビラタケ』と言って、色は白からクリーム色で、カリフラワー状の大型のキノコである。

一株の大きさは直径が十～三十センチ余りに達し、柄は繰り返し枝状に分かれ、針葉樹の根本や切株に発生する食菌である」とあった。

そこで、その晩、早速醤油味にして試食したところ、歯触りはシャキシャキしてキノコの仲間にはこのような食感の物は少ないが、丁度食堂のラーメン等に入って来るキクラゲかシナチクのような感じであった。

しかし、味は少々癖《くせ》があり、筆者にはあまり戴けるものではなかった。

そのようなわけで、この件は、その後筆者の頭からはすっかり消え去り、何時もの日々に戻った。

そしてまた、何時ものように数多くの山々を目指して出掛けては、広い湿原に咲く花々を愛でたり、池塘《ちとう》に生息する生物を観察したり、原生林を歩いては種々雑多な草木の植生を見ては、感慨《かんがい》に耽《ふ》けったりして歩いた。

そして、湿原では、オレンジ色の「ニッコウキスゲ」や赤い「クルマユリ」の群落を眺めたり、その根元に、ひっそりと隠れるように佇《たたず》むピンク色の可憐なトキ草が咲いているのを見つけ、選りによってどうしてこんな寒くて低い水辺にこのような綺麗な色を付けて咲いているのだろうなどと考えたり、その近くの水辺には、食虫植物の「モウセンゴケ」が小さな虻《あぶ》を捕らえているのを見付け、その解けていく様を見ては、虫が植物を食べるなら分かるが、どうして動けない植物が羽を持って飛ぶことが出来る虫を捕らえて、その栄養素を吸い取ることを思いついたんだろう等と考えたりする。

また、池塘には、「ゲンゴロウ・ヤゴ・アカハライモリ・ミズスマシ」等の外、首のひれの所から横にピ〜ンと髭《ひげ》を出した「サンショウウオ」の子供が泳いでいたりする。

そして、帰りには、何時ものように登山道から逸《そ》れた原生林の樹林帯を歩く。

すると、枯れた大きな立ち木の見上げるような高い所に、これまた大きな「サルノコシカケ」が生えていたり、木の枝に大きな丸いものが付いているので近づいてみると、それは「ヤドリギ」だったりする。

また、春だと言うのに、突然大きなブナの木が枯れて途中から折れた立ち木に、びっしりと白い「ブナハリタケ」が出ていたりする。

すると、背伸びして手の届く限りの所までそれを採り、含んでいる水分を絞って取り除きポリ袋に詰めて持ち帰る。

そして、その夜は、季節外れのキノコ汁に舌鼓《したつづみ》を打って楽しむ。しかし、これは、自分ばっかり好きなことをして、家庭を留守にした償《つぐな》いであり、苦労して山に登った一つの役得でもあると、自分なりに勝手に屁理屈《へりくつ》を付けては味わい、家族の妻や子にその話をして聞かせる。

また、春山の木々に新芽が芽吹き、あちらこちらに「山躑躅《つつじ》や赤ヤシオ」の花が見られるころになると、小さなせせらぎの音が聞こえるような沢筋の奥からは、何か不気味な「グーッ、グーッ」という呻《うめ》き声が聞こえて来る事がある。

そして、一瞬立ち止まって耳を澄ましていると、また、「グーッ、グーッ」と鳴き出す。

そこで、その鳴き声のする所に「そ～っと」近づいてみるが、その声の主の姿は　向に見えないのである。

しかしこれは、冬眠から目覚め、文字どおり「春を求め」雌に対して、自分の存在をアピールしている蛙の仕業《しわざ》である。

そして、その辺りの沢筋の倒木には、天然のシイタケが顔を出している。

すると、これも又、余禄として有難く持ち帰る。

そんなわけで、筆者の山行も年を追って、このような大自然との共生に明け暮れ、我を忘れて休日が来るのが待ち遠しい状態で続けられていった。

ハナビラタケを求めて

そのような事をしながら月日を送る中、例の「ハナビラタケ」を見つけて十数年後のある日、筆者は、偶然にも読売新聞に次のような記事が載っているのを発見した。

それは、S地域ニュース版のトップ記事として、大きな見出しで掲載されたものであった。

そして、その見出しには……

「K農高が人工栽培成功のキノコ」。

「多量の抗がん物質含有」。

専門家「新たな可能性持つ素材」。

とあり、写真入りの記事で紹介され、筆者があの時偶然にも遭遇した、あの「ハナビラタケ」の記事であった。

そして、その内容は……

「県立K農業高校（M校長）が人工栽培に成功したキノコの一種『ハナビラタケ』に、多量の抗がん物質が含まれていることが分かった。

T薬科大学薬学部のY教授とO助教授らによるマウスを使った実験でも抗がん作用が証明され、O助教授は『まだ詳しいことは分からないが、新たな可能性を持った素材』と期待している。

ハナビラタケは、白い葉ボタンのような形をした大型のキノコ。大きさは普通十―二十センチで、K地方では、七、八月の夏場にカラマツなどの切り株や倒木などに生える。

シャキシャキした歯触りと独特の香りが特徴だが、天然物の数は極めて少ない。『使い道のない赤松の間伐材を、おいしいキノコを作るために有効利用しよう』と、このハナビラタケの人工栽培に取り組んできたK農高は昨年三月、日本食品分析センター（本部・東京都渋谷区）に成分分析を依頼。その結果、乾燥したハナビラタケに百グラム当たり約四十三グラムのβ―グルカンが含まれていることや、その殆どが、抗がん作用があるとされる『（1―3）―β―グルカン』であることが分かった。

この分析結果に、β―グルカンの権威であるY教授らが注目し、昨年十月ごろから、マウスを使った実験を開始。皮膚下にがん細胞を移植したマウスに、ハナビラタケから熱抽出したβ―グルカンを七、八、九、十一日目の計三回注射したところ、五週間後には、がん細胞が消滅、もしくは大きく縮小するという成果を得た。

Y教授らによると、シイタケやマイタケなどにもβ―グルカンが含まれているが、ハナビラタケは特に（1―3）―β―グルカンの割合が多いとみられるという。

このため、同教授らは今後、どのようながん細胞に効果があるかなどについて研究を進める方針。

K農高のH教諭（52）は、『ハナビラタケの人工栽培は技術的に難しいところはなく、今すぐにでも大量栽培できる』とし、『健康食品や医薬品など、幅広い利用が考えられる』と期待を膨らませている。

しかし、培養するための培地の成分コストが高いため、ほかのキノコよりも値段が高くなってしまうのが難点で、当面はK教授らの研究にサンプルを提供して協力していく考えだ。

同校科学部は九三年七月、ハナビラタケの人工栽培に世界で初めて成功。その後、代々の部員ら約三十人で研究を重ね、九七年八月には、人工栽培の実用化にこぎつけ、特許を申請している」とあった（出典：読売新聞：個人名、地名等は仮名とさせていただきました）。

そこで、これを見た筆者は、妻の実家の家系が年を重ねるにつけ癌になる者が多く、母親は、膵臓《すいぞう》がんの為六十六才で亡くなり、叔父は、五十五才の若さで胃《い》がんで亡くなり、叔母は、皮膚《ひふ》がんと言う状態で、他家に比べ殊に癌にかかりやすい家系であったため、「妻の老後の為」に何とかこれを手に入れたいと考えた。

そして、その妻の母親が癌になった時も、なんとか助けたい一心で、我々子供のころから、この地方で癌の妙薬と言われて来た「サルノコシカケ科のマンネンダケ（霊芝《れいし》）」や梅の古木に出る「梅の木茸」を見付けようと、方々の山やあちらこちらの屋敷の梅の古木や梅畑等を散々歩き廻ったが、遂に見つけることが出来ず飲ませてやることが叶わなかった。

そのような苦い経験から、なんとしてもこの「ハナビラタケ」を採取し、その血を引く妻の老後の為に備えようと決めた。

そして、そのハナビラタケの発生する夏場が来るのを待ち構えていた。

そして、翌年の初夏の七月上旬、朝二時に起床し、あの登山の折に偶然「ハナビラタケ」を見付けた場所を目指し、行動を開始した。

そして、その場所へ到着し、その辺りを五時間に亘って隈無く探索したが、その日は全く手応えがなく一個も見付けることは出来なかった。

しかし、それから一週間置いて二週間後の日曜日に、またもや朝二時に起きて同じ所へ行き、また、前と同じように探索していると、遂にその時がやって来た！

それは、あの時偶然に見付けた所から百メートルくらい離れた下草の少ない灌木と木の根っことの間に、直径十五センチ位の紛《まぎ》れもない「ハナビラタケ」を見つけることが出来たのである。

そして、この日は、そのあと急な崖を登ったり、また谷へ下ったり、薮の中を掻き分け

たりしながら約五時間に亘って歩き回り、合計三個をゲットすることが出来た。

しかし、これは、筆者にとっては、思いもよらぬ収穫であり、これに触発された筆者の導火線に火が付き、俄然《がぜん》やる気が湧いて来た。

そして、それが切っ掛けとなり、それからなんと、十年以上にもわたって、毎年七・八月の休みの日にはいつも、その山通いが続く事になるのである。

しかし、この日に分かった事であるが、この辺りの夏山というものは、登山の時とは全く違い、地獄の戦いであった。

それは、この辺りの山は、何処へ行ってもスズメバチ・大小の虻・人の皮膚を刺す刺《さ》し蝿《ばえ》・蚊等が数限りなく飛び交い、疲れたからと言って座って休もうとすると、それらが寄って来て体の周りを旋回し、隙あらば刺そうとするため、おちおちじっとして一か所に止まって居る事も出来ない状態なのである。

その為、下山するまでは、それを追っ払いながら歩みを止めず歩き回らなければならない。

筆者は、長い登山経験や自分の那須の山小屋での経験から、山には熊・鹿・猿・マムシ・スズメバチ・虻・蚊等が居ることは当然知っていたので、それらに対しての防御《ぼうぎょ》の心得はあったが、まさか、この辺りの夏山の樹林帯は、これ程過酷で凄《すご》いものであったとは知る由もなかった。

そこで、高山とは言っても、真夏のため気温が高く湿気が籠《こも》り、空気の薄い原生林をアップダウンしながら長時間にわたって歩き回る重労働のため、言語に絶する程の過酷な行動ではあったが、次からは、フード付きの雨合羽《あまがっぱ》と膝《ひざ》までの山靴を用意し、それを着用し、ザックには万が一遭難した時のことを考え、二日分の食料と水・寝袋・照明器具、それに傷薬・絆創膏《ばんそうこう》・ポリ袋などを詰めて持ち歩く事にした。

そして、それからは、毎年七月初めから八月末までの毎週日曜日の休みを待って、また朝二時に起きて家を出て、車で約五時間位かけて七時ごろまでには登山口に着き、それから登山を開始し、同じ所へ行っては約五時間位の間、白いソフトボールのような球体を求めて、笹薮《ささやぶ》を掻き分け掻き分け、右へ行ったり左へ行ったり、急登したり、急降下したりを繰り返し、遅くとも午後十二時過ぎには下山に入るよう心掛け、それを繰り返すようになった。

それは、万が一、道にでも迷って下山出来ず遭難でもしたら、それこそ命取りになるからである。

そして、その次からは、一つでも多く探し当てるため、前に歩いた所と違う新しい所、更に新しい所と、行く日ごとに行動範囲を伸ばし、最終的には、恐らく一日で三十ヘクタール～四十ヘクタール（九万坪～十二万坪）位は歩いていたものと思われる。

そして、三個、五個と成果を上げ、川に飛び込んだような、汗でびしょ濡《ぬ》れの体で山靴の中にはその汗が滴《したた》って溜《た》まり、バシャバシャ音を立てながら疲労困憊《ひろうこんぱい》の体《てい》で、下山するのである。

そして車に戻り、その汗と泥まみれの着物を、持参したものと着替え、休む間もなく帰路につき、疲れと眠気に襲《おそ》われながら、また五時間かけて慎重に運転して我が家には夕方戻ることにした。

しかし、それからがまた大変で、今度はそれを一つ一つ丁寧に洗い、土に埋もれていた根本の石突きの所は、歯ブラシで良く擦《こす》り洗いして土を落とす。

そして、今度は、それをS字型に曲げた太い針金にその石突きの所を刺し通して、洗濯《せんたく》竿《ざお》に吊り下げ自然乾燥するのである。

それは、キノコは、その日のうちに処理しないと腐ってしまうからである。

そして、それからは、毎日毎日朝出勤前に外のベランダへ出して天日で乾燥し、夕方になったら、また妻に取り込んでもらうということを長期間にわたって繰り返すのである。

しかし、これが、次の日が曇っていたり雨だったりすると、真夏の湿気の多いむしむしする時期の事であるから、直ぐに黴《かび》てしまい、折角苦労して取って来たものが駄目になってしまうので、それには一番気を使った。

その実、採りに行き始めたころの或る日、その事が頭になく大失敗してしまったことがあった。

それは、いつものように日曜日の夕方採って帰って来て、丁寧《ていねい》に下拵《したごしら》えをし、いつものようにそれを竿に下げて夜干しして置いた。

そして、翌朝は小雨模様だったので、部屋の中に取り込み、次の日から外へ出して干せば良

いだろうと思ってそのままにして置いた。

　すると、次の日の朝になり、それをまた外へ出して干そうとしたところ、それがなんと、折角苦労して採って来たもの全てに青黒い斑点が出ているではないか。

　それを見た途端、あまりの虚《むな》しさに愕然《がくぜん》となり、茫然自失《ぼうぜんじしつ》してしまった。

　しかし、これは朝の出勤前の忙しい時だったので、考えていてもどうしようもない。止むを得ず全て廃棄《はいき》してしまった。

　その為、その次からは、曇りや雨の日には、家の中へ竿や綱を張り、そこに下げて一日中扇風機を回し続け、黴《かび》ないように心を使い、晴れる日を待つことにした。

　そこで、このようなことをするより、電気乾

燥機を買って来て使おうかとも思ったが、それでは自然乾燥の意味がなくなるので、この件はやめにした。

そして、この乾燥の作業は、丁度、「生シイタケ」を「干しシイタケ」にするように、否《いな》、それよりも可成り完全に乾燥させるため、収穫してから約三か月間に亘って続けなければならなかった。

そうしないと、キノコは非常に湿気を呼びやすく、良く乾燥したと思っても、翌日曇ったり雨が降ったりすると、家の中へ取り込み下げて置いても又直ぐに湿気を呼び湿ってしまうのである。

その為、キノコの太い柄の中まで完全に乾燥させるのには、どうしてもそのくらいの日にちを掛けないと完全に乾燥することが出来ないのである。

そんなわけで、七月~八月に採って来たものをこのようにして乾燥し、粉末にするのは十月末ごろからであった。

しかも、その粉末にする日は、その前に一週間位日照りの日が続いた後の夕方で、その日も一日中乾燥してハナビラタケがまだ暖かいうちに取り込み、からからに乾いている時を狙ってやる事にしていた。

そして、そのやり方は、抹茶などを作る時に使う製粉用のミキサーを買って来て、それに掛け粉末にするのである。

しかし、この「ハナビラタケ」は、先端の薄い部分は比較的粉末にしやすいが、肉の厚い柄から石突きの部分は、完全乾燥すると石のように硬くなり、これをミキサーに掛けると、あまりの硬さに鋼《はがね》の刃が欠けてしまう。

そこで、この石のように硬い柄の部分は、石の上で鉄のハンマーで叩《たた》いて小さく砕き、それをミキサーに掛けて粉末にするようにした。

ところが、このように苦労して完全乾燥し、鉋屑《かんなくず》のようにカラカラになったハナビラタケは、粉末にして見ると、生の時と比べ極めて歩留《ぶど》まりが悪く、少量になってしまい、がっかりするのである。

そして、その出来高は、恐らく生の時の一パーセントにも満たないのではないかと思われるくらいで

ある。

そして、その後は、その粉末をお店から買って来た密閉式のガラス瓶に入れ、その上更に、ドラッグストアから乾燥剤を買って来て入れ、きっちりと蓋《ふた》をし、更にその外側から丈夫なビニールの粘着テープで幾重にも巻き付けて保管するようにした。

さて、話を元に戻すが、それから何年か後の八月に入ってからの日曜日、またいつもと同じように早朝の二時に起き、車で五時間位突っ走り、七時ごろ現場に着き、いつものように山を登り、その辺りの樹林の中を歩き回り、その山の探索が終わった。

そこで、沢を渡って次の山へ行こうと思い、急流に大きな岩がゴロゴロ転がる沢を渡り切って、さて、その山の取り付きに上がろうとした時、迂闊《うかつ》にも山靴を履いた足がその岩と岩の間に挟まってしまった。

そこで、それをなんとか抜こうとして足を動かし色々やってみたが、幾等抜こうと踠《もが》いても抜けなくなってしまった。

しかし、そこは人っ子一人いない密林の中の沢である。

幾等大声を出そうが喚《わめ》こうが助け人など来るはずがない。

それを考えると、一瞬頭の中が真っ白になってしまった。

もし、このまま夜になり気温が下がり、汗でびっしょり濡れた体で身動きできなかったら、低体温症になり死につながる。

そこで、長い時間をかけ、なんとかして抜こうとして頑張ったが、終いには、足の骨が潰れそうで痛いし、幾等踠《もが》いてもなんとしても抜けない。

そして、すっかり疲れ果ててしまった。

しかし、よく考えてみると一度入ったものが取れない筈がない。

そこで、ここは慌《あわ》てずに落ち着いて時間をかけ、良く考えてじっくり行こうと思い、あれこれ思いを巡らせてみたが中々いい知恵が浮かばない。

そして、すっかり疲れ果て一休みしていると、突然考えが閃《ひらめ》いた。

アッ！　そうだ！

今までは、なんとか抜こう抜こうとして上へばかり引っ張っていたから抜けなかったのだ！

逆も真なりだっ！

逆に下へ下がるだけ下げて、そこで靴の中で足の位置を一番細くなるように捩《ね》じり曲げて持ち上げれば、抜けるかもしれない！と思った。

そして、そのように、山靴を履いたまま岩に挟まってびくともしない足を、千切れるほど痛いのを我慢しながら、下げられるだけ下へ下げ、靴の中の足をぐりぐり動かして一番細くなるように向きを変え、その上で右へやったり左へやったりしながら、静かに静かに、五ミリ、一センチと、じわりじわりと上へ上へと引き上げてみた。

すると、なんと、それが功を奏して見事抜くことが出来たのである。

それにより、この思いもよらぬ突発的な事故から、艱難辛苦《かんなんしんく》の末、漸《ようや》く脱出する事が出来、大袈裟《おおげさ》に言えば九死に一生を得ることが出来たのである。

尤《もっと》もこのようなアクシデントは、登山や沢登りや原生林に分け入って遊ぶ者にとっては、日常茶飯事なので、それらに対する心得が無ければ、自然を友として遊ぶ資格がない。

ただ、この時は登山者が来るような場所でもなく、山遊びに来るような所でもないため、誰も助けに来る者が居ない上、単独行動であったため焦ってしまい、無我夢中でバタバタした事が災いしたのである。

尤も筆者は、都会の雑踏や対人関係の厳しい仕事の関係で、このように川や山へ出掛けるのも、一週間に溜まったストレスを解消し、そこから逃れるための行為であり、いつも単独で行くことが多かった。

その為、その後からは、沢を渡る時は岩の裂け目や滑り落ちて足が挟まるような所は決して渡らないように注意した。

また、笹薮《ささやぶ》や岩がごろごろしている所は、絶対に足の挟まる心配のない所へ足を掛けて歩くようにした。

そのような訳で、この時の貴重な経験が、その後の山歩きの展開に非常に役立つことになったのである。

それにより、その次から山へ行く時は、重量が増えて大変な事を承知で、必ず、岩を削る鉄の鏨《たがね》と金槌《かなづち》をザックに入れて携行することにした。

その為、この日の成果は、中くらいのもの二個に止《とど》まった。

このように、色々な経験をしながら、筆者の「天然の幻のキノコを求めて」の山行も数を増して行ったのである。

それにより、このハナビラタケに関する植生や色々な特徴が段々と分かって来た。

それは、ハナビラタケは、出てから大体十日～二週間位かけて丁度手頃な大きさに育つ。

出る場所は、針葉樹の腐《くさ》った木の根っこや倒木が主であることは間違いないが、一概《いちがい》にはそうとも言えず、笹薮の中や何にもない地面や草原の真ん中等に出ることもあるという事である。

それは、恐らく、このハナビラタケが出ている地面の下には、腐った根っこなどが埋もれていて、そこには繁殖した「菌糸体《きんしたい》」があり、我々の目には分からないが、そこをベースにして、腐食菌《ふしょくきん》の「花」に当たる「子実体《しじつたい》のキノコ」が出て来るものと考えられるのである。

また、そうかと思うと今度は、それより半年ほど前のその年の冬に、雪の重みで折れたのではないかと思われるような、まだ真新しく半分生きているような木の折れた場所にも出ていたりする。

そこで、その次の週からは、今度は、今まで歩いた場所以外の、出来るだけ新しい所を主体に歩く事とし、新規開拓?に傾注《けいちゅう》する事にした。

そして、可成り広範囲のテリトリーを確保し、それからは、その場その場を一～二週間おきに探索《たんさく》して回ることにした。

しかし、山体や樹木や下草などの状態が全く変わらず、同じ条件と思われる所でも、全く出ない所と（尤もそういう所の方が多いのだが）、こんな所にも出るのかぁ?と言うような訝《いぶか》しい場所に出ている事もあるのである。それは、この辺りの山林は、標高も高くカラマツや松の外に、栗・ミズナラ・リョウブ等の雑木も多く、熊や鹿が多く棲息《せいそく》し、時々熊が「爪磨《つめと》ぎ」の為に引っ掻いた爪痕《つめあと》が、大木の周りに付いていたり、栗の木の枝先に、前の年の秋に周りの栗の枝を折り集め、そこへ座って栗を食ったと思われる「熊棚《くまだな》」の痕があったりする。

また、鹿に杉やヒノキやリョウブの木が根元から一～二メートル位に掛けて、冬の食料の乏しい時に皮を剥ぎ取って食べられ、丸裸になっているものなども良く見られる。

それに、動物が生きてゆくためには、必ずミネラルが必要であるが、それを補給するために、この辺りに棲息する鹿やタヌキや猿などが夜な夜な集まり、そのミネラル分の多い土を食べたと思われる痕跡のある場所も見られる。

そしてまた、別の場所には、地面に鹿が「泥浴び」をする為に使ったと思われるどろどろに泥濘《ぬかる》んだ水溜《みずた》まりなどにも良く出くわしたりする。

このように、この辺りは、そのような樹種の入り混じった山容のため、ハナビラタケ採取の為には、この山はいい、あの山は悪いなどと一概には言えず、所かまわず歩き回り、思いがけない所に出ていたものを採る事もあるのである。

従って、それを求めて、今日は西、明日は東と、この真夏の熱くて湿気の高い、茹《う》だるような高山を、しかも、フード付きの雨合羽を頭から被《かぶ》り、重い膝までのゴム長の山靴を履き、二十キロもあろう程のザックを背負い、採ったキノコを左手に下げ、右手にはキノコ採り用の長い柄の鎌を杖代わりに突き、胸突八丁《むなつきはっちょう》の荒山を、上ったり、下ったりするのである。

それを考えると、何を好んでこんなことをするのだろうと、なんだか馬鹿馬鹿しくなって来る事もある。

しかし、筆者は、生まれてこの方、意地っ張りの負けず嫌《ぎら》いで、こうと決めたら必ずやり遂げないと気が済まないと言う、どうしようもない性格である。

始めたら最後、もうどうにも止まらない、と言う訳である。

そして、くたくたに疲労困憊した体で帰路に就くが、その車の中では、早や、今度はあっち方面へ行ってみようかな？　それともこっちの方がいいかな?等と考えているのだから、馬鹿は死ななきゃ治らない、である。

そして、明くる週も又、それに飽き足らず出掛けるのである。

そして、今週は、更に奥の沢や崖の急登急降を繰り返し、始めのころに入った山からすれば、幾つもの山を越え、遥か遠くの山肌に取り付き、熊や鹿が歩いているであろう獣道《けものみち》を辿《たど》りながら、遭難しないように、その山の入り口の木の枝には、赤くて目立ちやすいポリ紐《ひも》を結んでぶら下げ、更に、そこから目の届く範囲の所々の枝にも目印の赤いポリ紐を結びながら歩を進めて行く。

するど、どうであろう！　遥か崖下の沢の近くに、紛《まぎ》れもなく薄黄色いドッチボール状の「ハナビラタケ」があるではないか！

これで、この山も、間違いなく「ハナビラタケ」の発生する山であり、探して歩けば間違いなく幾つかのものを採取することが出来る山であることが分かるのである。

そして、その崖下のキノコの元へ慎重に歩を進めゲットし、いつものようにその場に一礼し、その恵みに感謝し、更にあちらこちらと探索し

て歩くのである。

しかし、この「ハナビラタケ」というキノコは、前述したように真っ白で型も大きい為、有れば遠くからでも直ぐに分かる。

だからと言って、樹林と言う所は、灌木や熊笹が乱立し、また枯れ枝や落ち葉が散乱し、その上、下草が沢山生えているため、ちょっとした見る角度の違いで全く見えないことが多いのである。

そして、そこから二三歩歩いただけなのに、目の前の足元に突然大きなものが現れたりする。

すると、その時の感動は、丁度、釣りをしていてリール竿に鯉が掛かり、竿先の鈴がチリン！　チリン！となった時のそれと全く同じで、その醍醐味に洗脳され病みつきになり、やめられなくなるのである。

そこで更に、もう少し奥まで行ってみようと思い獣道を進んで行くと、今度は、足元に小さなハナビラタケの欠けらが落ちていることがあったりする。

それは、鹿か猿が「ハナビラタケ」を見付けて食べている最中に、自分より強い熊か大鹿に横取りされそうになり、慌ててそれを咥《くわ》えて逃げる途中に落としたものと考えられる。

また、キノコの類は、どんなキノコでも大体同じであるが、発生するのは平坦地か山の北向きの傾斜面が多い。

そして、一般のキノコは、食茸の傍《そば》には、それに似た毒キノコが出る事が多いが、この「ハナビラタケ」には、その現象も見られない。

例えば、「クリタケ」の出る辺りには、必ず「ニガクリタケ」が出るし、一般に「イッポンシメジ」と言われている「ウラベニホテイシメジ」の傍には、「クサウラベニタケ」が出る。

しかし、この天然の「ハナビラタケ」に限っては、「幻のキノコ」と言われるだけあって、このようなキノコ本来の習性から離れ、中々その習性にそぐわず、発生場所を絞ることは難しい。

また、同じ「幻のキノコ」であっても、「イワタケ」や「マイタケ」のように、出る場所や出る数が少ないだけで、毎年その辺りの場所へ行けば大体採れるというのであればまだいいが、このハナビラタケに限っては、それも定かではない。

そこで、なんとか新規の発生場所を見つけ少しでも採取量を増やそうと、今まで登山で行った事のある方々の他県の山系で、同じような山態で、樹木や地形の条件の合った所の数か所へも何度か足を運んでみたが、全く見つけることが出来なかった。

その為、他の山系にも繁殖させ、もっと発生する場所を増やし量産したいと思い、ここで採った「ハナビラタケ」を持って行って、他の山系に移植してみたり、腐る寸前のものを持って行って「菌」をまき散らしてみたりしたが、矢張り条件が合わないのかダメであった。

しかし、筆者の知っている範囲では、筆者の知っているテリトリーの外に、関東方面では、長野県・山梨県・静岡県・岐阜県、それに富士山の青木ヶ原樹海の一部等にも出る場所があると言われている。

中でも、長野県は松やカラマツの自生する山が多いところから、出る所も多いのではないかと思われる。

しかし、これらは何れも、その場所を知っている者の特権であり、㊙中の㊙であり、誰も絶対に他言しないので、その内容については全く不明である。

その為、筆者自身が知っている所は、今までに歩いた限りでは、現在通っている山系にしか出ないという事が分かった。

そこで、唯一この山系のみを歩く事とし、その後は、この山系のあらゆる場所を対象に、幾つかのブロックに分けて、行くたびに場所を変え、大体三週間に一度位ずつ廻って歩く事とした。

その為、その日は、その決めたブロック内を何処《どこ》ともなく縦横無尽に歩き回り、遭難を避けるため遅くとも午後一時ごろには帰路に就くことに決めていた。

そして、下山の時は、登る時に所々に吊り下げて来たポリ紐を頼りに、一つずつそれを外しながら降りて来るのである。

そしてまた、帰宅したら、疲労困憊した体に鞭打《むちう》って、採って来たキノコの後処理をして、風呂に入り、その日の疲れを洗い流しほっとする。

そのような事をして、それから何年かした二〇〇一年。今度は、日経産業新聞に次のような記事が載った。

それには……

「ハナビラタケを量産。レストラン向け本格出荷。新規事業の柱に」と言う見出しで、

「『N市』建設業のM工業（N県N市、YH社長）は、ヒトの免疫機能を高めるというベータグルカンを豊富に含むとして注目されているハナビラタケの量産を始めた。

世界で初めて人工栽培に成功したS県立K高校のH教諭と共同で取り組む。

『E花びら茸』の商品名でレストラン向けに生鮮品を本格出荷する。（中略）ハナビラタケは針葉樹の根本などに葉ボタン状に生える白色のキノコ。直径は二十－三十センチで生食いでき、シャキシャキした歯ごたえとほのかな甘みが特徴。

人工栽培では菌床は作れても、キノコ本体である子実体が栽培できなかったという、H教諭は一九九三年に培地の成分と温度、湿度管理で人工栽培に成功した。ハナビラタケのベータグルカン含有量はマイタケやアガリクス茸《たけ》より多く、日本食品分析センターの分析では『E花びら茸』百グラム中にベータグルカンを三十二・八グラム含む」とあった（出典：日経産業新聞：個人名、地名等は仮名とさせていただきました）。

しかし、このように人工栽培による量産が可能になったと言われるハナビラタケも、シイタケやエノキタケやシメジのように、菌床を作るのに使用する素材に幅があり、比較的栽培しやすいキノコに比べ、菌床に使う素材に限りがあり、更に温度や湿度の管理が難しく、しかも栽培期間が一般のキノコと比較し可成り長く、生産費が割高で、捌《さば》きにくい為か、それとも一般のスーパーで売る程量産が出来ないためかは知らないが、その後、街中何処へ行ってもスーパーマーケットなどでは中々お目にかかったことがない。

しかし、このように、大々的に新聞などで報道されて以来、国内のあちらこちらで、このハナビラタケに着目し、人工栽培を試み、そのうち数社では、栽培に成功したらしく、また、中には天然のハナビラタケと称するもの等も含め、最近では、その粉末をインターネット上で、薬事法（二〇一四年より薬機法）に抵触しないような謳い文句で、健康食品として販売しているのが目に入る。

しかし、筆者の知っている限りでは、今まで述べてきたように、天然の物は「幻のキノコ」と言われるだけあって、非常に希少であって、とてもじゃないが、粉末にして売れるほど採れる等考えられない。

しかし、筆者の方は、相変わらず毎年七月に入ると、その年の計画を立て、今週はこの山、来週はあの山と駆けずり回り、大忙しである。

そして、このキノコは、他のキノコと違い雨の多い年はあまり出が良くないが、気温の高い晴れた日の多い年の方が出方が良いことが分かった。

とは言っても、このキノコは、海抜千メートル以上でないと出ないと言われているので、このような山の上は低地と比べ比較的雨が多いし霧も出るので、湿度が高いのかもしれない。

その為、この記事が出た次の年は、自宅辺りの低地ではこの気候に当たり、またハナビラタケの出る高山では、丁度良い条件に合っていたためか豊作で、行くたびに五個六個と採って来ることが出来た。

そして、その中には直径二十センチにも及ぶような大物もあり、胸躍《むねおど》らせたものである。

尤も、このキノコは、生えてから日が浅いころは、真っ白く先端が非常に細かくブロッコリーのような状態になっており、サイズもテニスボール位であるが、それが大きくなるにつれて上下左右に大きく膨らみ、先端は鶏の鶏冠《とさか》を沢山集めたような状態になり、出始めの時の十数倍に大きくなる。

その為、慣れて来ると小さいものに出くわ

した時は、近くの木に目印をして、採らずに帰り、次に行った時に採って来るようにした。

それによって初め五、六センチ位だったものが次に行ってみると二十センチにもなっていると言う訳である。

また、これも何回も通っているうちに分かった事であるが、普通のキノコは大きい程「ナメクジ」が付きやすいが、この「ハナビラタケ」は、こんなに大きいのに、ナメクジは殆どつかないと言う事である。

それは恐らく、このキノコは、前述のようにベータグルカンの含有量が一般のキノコと比較し非常に多いため、ナメクジにとっては、逆にあまり美味しくないのかもしれない。

その為、始めのうちは真っ白で硬かったも

のが、段々大きくなるにつれ色も黄ばんでアイボリー〜ライトブラウンに変色し多くの水分を含んで、最後は萎《しお》れて腐ってしまうのである。

そして、そのような状態のものがたまに見付かったりする。

しかし、これは、来年のタネとしてそのままそ〜として置いて来る。

そんなこんなで、この「ハナビラタケ」採りも、毎年その季節になると頭がその方向に向くように恒例化し、これがなんと、その後十数年に亘って続いたのである。

しかし、このように恒例化した山行も、ある日突然中止する事となる。

そして、それを止めるきっかけとなったのは、このような高山にも拘わらず、通常は居る筈のない「イノシシ」が現れたからである。

それは、ある時、いつものように「ハナビラタケ」を探しながら熊笹の生えている所をあちらこちらと歩いていると四、五十メートル先から、何か動物が歩き回るような「ガサガサ！　ガサガサ！」という音が聞こえて来た。

そこで、一瞬立ち止まって、その方向を見渡すと、熊笹の動くのは見えても、何が歩いているのか全く見えない。

そこで、あれは熊か鹿だな？と思って背を低くして身を隠し、ジッ！として遠ざかるのを待っていた。

ところが、なんと、そのガサガサと音を立てながら熊笹を動かして歩いているものが、こちらの方へ向かって来るではないか！

しかし、今動いたのでは相手に見つかってしまうと思い、なおもジッ！と動かず息を殺していると、それは「イノシシの群れ」である事が分かった。

そして、その群れは丁度自分の十メートル先位まで迫って来たっ！

そこで、これは危ない！と思って、近くの木に登って難を避けようと思い、背をつぼめ地に這うような格好で、その辺りに飛び乗れる手ごろな木の枝がないかとキョロキョロとその辺りを見渡したが、そこは素性の良い木ばかりで、掴まれるような枝が見当たらない。

そこで止むを得ず、背負っているザックを素早く肩から外し、いつも持ち歩いているキノコ採り用の柄の長い鎌を右手にしっかりと握り締め、相手が掛かって来たら戦う姿勢で片膝立ててその場に構えた。

すると、その熊笹の動く方向がくるりと変わり、丁度自分が此処へ来る前に歩いて来た一本の獣道を横切るような形で、彼らが通り過ぎて行くのが見えた。

そして、その様子を見ていると、流石《さすが》に自然界の動物は警戒心が強く、大人のイノシシがその辺りの様子を窺《うかが》うような格好で一頭通ると、それに続いて四頭のウリ坊のような子供が通り、暫くするとまた大人のイノシシが四頭の子供を引き連れて通り、最後に大人のイノシシが通るといった具合で、この時は、結局合計十一匹もの大家族の集団であった。

それにしても、こんな人っ子一人いない山奥で、僅か十メートル先を十一匹ものイノシシの群れに遭遇した時は、山に慣れた筆者であっても流石《さすが》に驚愕《きょうがく》し生きた心地がしなかった。

そして、もしこれが熊であったらと思うとぞ～として身の毛がよだつ思いがし、頭の中が真っ白になってしまった。

それ以来、これでは「ハナビラタケ」も、もうあまり望めないし、怖いので採りに行くことを断念せざるを得なくなった。

それは、イノシシは従来、一般には暖かい気候を好む動物で、生息地の北限は、関東地方では神奈川県から千葉県・茨城県・それに福島県の浜通り南部辺りまでであった。

しかし、近年の気候の温暖化により、その生息範囲もどんどん北上し、高山地帯の方へも広がっている。

そして、イノシシは、一度住み着いたら山間《やまあい》の畑や田んぼの産物は元より、天然の自然薯・草の根・キノコ・腐った倒木の中や腐葉土の中に居るカブトムシやカミキリムシの幼虫・動物の死骸・ミミズ・沢蟹《さわがに》と、ありとありとあらゆるものを手当たり次第に食べ尽くす。

そして、それらを得るためには、田畑の土手であろうが山肌の断崖であろうがめちゃめちゃに掘り返して荒らし廻り、全くどうにもならない厄介者である。

その為、山のキノコ類等は、勿論恰好《かっこう》の標的にされ、一つも残さず平らげてしまうのである。

そこで筆者は、もうこれでは「ハナビラタケ」が絶滅するのも時間の問題であろうと考え、その怖さも手伝って、毎年夏場になると十数年間に亘って通い続けた「幻のキノコ」である「ハナビラタケ」採りも断念する事とし、終止符を打ったのである。

癌《がん》

一口に癌と言っても、発症する部位や人によって色々な種類に分かれるらしいが、現代人の三大疾病と言われる「癌・心疾患・脳卒中」の中でも、癌の死亡率は非常に高く、第一位であると言われている。

しかし、その癌の中でも、発症する部位や進行度合いによって、所謂《いわゆる》三年間生存率・五年間生存率というような比率も可成りの開きがあるようである。

特に生存率の低い膵臓がんは別として、担当医が精密検査の後に、家族や患者に告げる癌の進行度合いの「ステージ（病期）」という単位で、1～5のうち4～5に至ると末期がんと言われ、回復も非常に難しく、現代の西洋医学でも中々手当てが困難であると言われている。

しかし、唯一、この度ノーベル医学・生理学賞を受賞した本庶佑氏の免疫チェックポイント阻害薬「オプジーボ」による免疫療法は、これらの癌に対して非常に有効で、今後の癌の治療に対し、画期的な発見であると言われている。

しかし、そうとは言っても、これもまだ、これを応用して治療が施されるようになって日も浅く、むしろこれからの治療法として注目を浴びているものであるという。

また、この免疫療法も、人により効果の出る人と殆ど出ない人とがあるらしいのである。

そんなわけで、筆者は医学の方は全くの無知で、迂闊なことを言っては各方面からお叱りを受けるかも知れないが、この件を含め、現在、我が国を始め世界中の医学の先進国で行われている癌治療の、摘出手術、放射線（サイバーナイフ）、抗癌剤投与等の諸方法にしても、これならば完璧と言うようなものはないと言われている。

しかし、このような治療とは全く違い、唯一、自然界に自生する一介の「キノコ」により、大病院の専門医にまで見放された末期がんの患者が、見事に全快し、社会に復帰した事例があるのである。

そこで、諄《くど》いようであるが、先ず初めにお断りしておくが、「医者でも薬剤師」でもなく、その方面の知識には全く無知で疎《うと》い筆者が、迂闊なことは言えないが、以下に記す事柄は、一般人から見れば全く信じがたい出来事であり、突拍子もない事と思われるかもしれないが、これは、筆者が今まで実際に経験した出来事であり、これが全てであり、全く偽りのないノンフィクションである。

しかし、これを使用した症例も少なく、どんな癌に対してもこのような良い結果になるかどうかは現段階では不明である。

従って、読者がこの本を読み、どう解釈するかは読者自身の自由である。

以下、その数少ない症例の詳細を微々細々に亘って記せば次のとおりである。

症例一（前立腺がん）

この症例一は、筆者自身の事である。

それは、「ハナビラタケを求めて」の条でも詳述したように、将来妻や身内の者たちの中で、万が一、癌にかかった者が出た時の為に役立てようと考え、備えていた「天然のハナビラタケの粉末」が、事もあろうに筆者自身が一番先に使用しなければならなくなった時の事例である。

生来《せいらい》筆者は、若いころに虫歯や痔を患ったことはあるが、それ以外は風邪一つひかない強健な体の持ち主であった。

その為、自分の体については絶対的に自信を持っていた筈である。

ところが、平成二十年（二〇〇八）ごろから徐々に頻尿が見られるようになり、平成二十五年の夏ごろからは、更にその回数が多くなり、それと共に排尿時の切迫感《せっぱくかん》が出始めた。

しかし、これは所謂《いわゆる》年寄りに良く見られる加齢による現象であろうくらいにしか思わず、軽く考えていた筆者は、別段なんの心配もせずにそのまま放置していた。

ところが、その後、今度は夜の頻尿が激しくなり、それればかりでなく、その度に起きる切迫感も激しい症状に変わって来た。

そして、それにいよいよ耐えられなくなり、それから二か月くらい過ぎた十月末、この辺りでは専門医として名の知られたO市のH病院の泌尿器科へ行き、外来でO先生（女医）の問診を受けた。

それにより、それから一週間位のちの同十一月五日に、採血と採尿を行った。

更に、二十日後の二十六日には、尿の出方、時間、残尿などの尿流量測定（ウロフロ）検査というのを受けた。

続いて更に一週間後の同年十二月三日には、MRI検査等を受けた。

そして、その血液検査の結果は、前立腺がんの一つの目安と言われる「PSAの値」が13・96であるという事であった。

そして、その値は、一般的に泌尿器科の医師は、PSA値が4・0以上あった場合は、先ず「前立腺がん」を疑うと言われているらしいので、このようにPSA値が、その標準値を遥かに上回る筆者の数値は、それから比べれば異常なものであったらしいのである。

しかし、そのような医学的事情を全く知らない筆者は、その数値を言われても全く意に介さないでいた。

また担当医も、この時点では何食わぬ顔で、それらの検査結果や数値を澹々《たんたん》と説明するのみであった。

しかし、今にして思えば、この時点で既に、筆者の「前立腺がん」は、可成り進んだ状態であることを把握していたものと思われる。

そして更に、翌二十七年（二〇一四）一月に入り、今度は、三日間入院して前立腺の組織を採取して調べる所謂《いわゆる》「生検」を行う事となった。

そして、その三日間の入院により組織の採取による生検も無事に終わり、指定された日にその結果を聞くために外来へ行き、担当医と対峙した。

ところが、その担当医から突然、「出ちゃいましたね～」と言われてしまった。

しかし筆者は、突然そのような事を言われても、直ぐにはなんのことか理解できず、ただ「そうですか」と言った。

しかし、これは良く聞くと「**癌の発症**」が確認されたと言う事であった。

そして、しかも、その癌は、「**左右両方**」に発症していて、可成り進んでおり、「**ステー**

ジは4に近い3」であるという事であった。

そこで筆者も腹を決め、今更じたばたしてもしょうがないので、「全て先生にお任せしますのでよろしくお願いします」と言った。

その結果、今後の治療の方針として次のような事が告げられた。

それは、当院では原則として七十才以上の方は手術を行わない事にしている。手術をすれば体へのダメージも大きくなり、リスクも高くなるので、原則として手術は行わず、「リュープリン」という注射及び「薬の投与」によって治療を進めて行く。

この方法は画期的であり、最近は若い患者や初期の患者であっても、手術を行わず、この方法を取る人が多くなっているとの話であった。

また、前立腺がんは、他の癌に比べ五年生存率、十年生存率共に高く、あまり心配せずに頑張って治すようにしましょうとの話も頂いた。

しかし、だからと言って全く安心だということではなく、治療をしながらその進捗状況を確認しつつ、的確に進めてまいりますとのことであった。

そして、例え一度PSA値が下がって治ったようであっても、再発する人も少なくないのでこの点は心得ていてもらいたい旨の話もあった。

そこで、治療を進めて行く過程で、当院は、県内の中央部に位置するA市に本部があり、その本部にある県内でも屈指の最新の諸設備を備えるA病院を主軸《しゅじく》とするグループの傘下に当たる病院の一つである。

その為、当院も当地を代表するような大きな病院ではあるが、そのグループの傘下に当たる事から、他の傘下にある病院と同じように、厳しい病状の患者であったり、放射線や心臓手術などのような重要な治療を行う患者の時は、その本部の基幹病院であるA病院へ送り、そこで行うことになっている旨《むね》の話もあった。

そして、筆者の前立腺がんの症状は、ステージ4に近い3であるため、これを治療して行くには、他の部位への転移の有無の検査や放射線治療等は、このA病院でやる事になる旨の話をされた。

その為、筆者も、早速そちらのA病院に送られ、この前立腺がんの特徴である「骨への転移」が懸念されたため、同二月十二日、そのA病院の泌尿器科の担当医のもと「骨シンチグラフィ（骨への転移の有無）」検査を行った。

そして、それに続いて十三日には腹部骨盤CTを行った。

それにより、この前立腺がんの全容が解明され、そのデータが従来のH病院へ齎《もたら》された。

そして、愈々《いよいよ》二十一日より本格的な治療に入ることになったのである。

そして、今後は「リュープリン注射3・75」を四週間に一度ずつ行い、それに併せてタムスロシン塩酸塩OD錠0・2mg、ベシケア2・5mg、ビカルタミド錠80mgと便秘予防の酸化マグネシウム250mgを夫々服用して行く事が告げられた。

また、その時に「**リュープリン注射に関するガイドブック**」というものを渡され、今後あなたは、このガイドブックに添って治療して行きますので、よく読んで理解して置いて下さいと言われた。

そして、その内容は、

目次として……

前立腺がんの内分泌療法とは？

男性ホルモンの依存を断ち、がんの進行を抑えます。

幅広い病期（ステージ）に適応が可能です。

内分泌療法の効果・利点と欠点。

このような薬が使われています。

手術の前や後に投与する理由。

内分泌療法における併用について。

リュープリンとは？

リュープリンはこのような薬です。
リュープリンの特徴。
リュープリンの治療効果①
リュープリンの治療効果②
リュープリンの治療効果③
このような副作用が見られます。
投与方法とスケジュールについて。
治療中の日常生活の注意。
リュープリンの注射部位の注意点。
注射部位の変化について。
リュープリンに関して、よくある質問と答え。
注射予定日　記入欄。
リュープリン投与に際しての注意。

等が書かれ、これらの説明書きも細々《こまごま》と書いてあるものであった。

それによれば……

「前立腺がんの発生と進行には、アンドロゲンという男性ホルモンの作用が深くかかわっています。この事から、前立腺がんはアンドロゲン依存症のがんであると言われています。前立腺の中の細胞は、正常なものも、がん化したものもこのアンドロゲンにより増殖します。逆に、血液中のアンドロゲンを抑える（依存症を断つ）ことができれば、がん細胞の増殖は止まり、がん細胞は死滅します。内分泌療法（ホルモン療法）は、このような発想に基づいてアンドロゲンの産生や作用を抑え、前立腺がんの進行を抑える療法です。アンドロゲンは約95％が精巣（睾丸）由来で、残りの約５％が副腎由来のものです。そのため内分泌療法では、精巣で産生されるアンドロゲンを抑えることに主眼が置かれています。

前立腺がんは、その進行度合いによって病期（ステージ）が区分されており、病期によって選択される治療法も異なります。

そのなかでも、内分泌療法は幅広いステージ適応が可能で、高い効果が期待できます。

なぜなら、たとえ再発や転移をしたがん細胞にしても、通常はもともとアンドロゲンに反応する（ホルモン感受性）細胞であるからです。

前立腺がんに対する内分泌療法は、アメリカのチャールズ・ハギンズ博士らが発見し、１９６６年にノーベル賞を受賞しています。

その有効性と医学的価値が非常に高く評価された結果といえます。

ちなみに現在では、作用のしくみの異なるいくつかの内分泌療法を併用し、アンドロゲンの作用を最大限に抑える治療法などが行われています（中略）」。

そして、リュープリン注射の説明に入り、その内容を細々と説明したうえで、「リュープリンはマイクロカプセル型の製剤で、皮下注射により薬の成分が徐々に放出されて、持続的に効果を発揮するしくみになっています（このような薬剤を徐放性製剤といいます）。マイクロカプセルは薬効成分が長期間にわたってほぼ一定速度で放出され、血液中の濃度も一定に保たれます。

マイクロカプセルは薬物放出後、投与部位に残らずに体外に排出されます。

リュープリンには４週間効果が持続するリュープリン３・75と十二週間効果が持続するリュープリンＳＲ11・25の二種類の注射用の製剤があります（中略）」。

そして、このリュープリン治療による効果として細々と説明したうえで、今度は、このリュープリンによる副作用として、「(中略) 主なものは、ほてり、熱感等の内分泌系症状、肝機能異常、貧血等の血液像異常、トリグリセライド上昇等のほか、発汗、多汗、皮膚障害、注射部位障害、赤血球、ヘモグロビン、ヘマトクリット値減少、AL―P上昇、LDH上昇」等が記され、重大な副作用としては、「骨疼痛の一過性増悪、尿路閉塞あるいは脊椎圧迫(5%以上)が見られ、0・1%未満の頻度としては、間質性肺炎、アナフィラキシー様症状、うつ状態、肝機能障害や黄疸、糖尿病の発症または増悪、下垂体線腫患者さんにおける下垂体卒中、心筋梗塞、脳梗塞、静脈血栓症、肺塞栓症等の血栓塞栓症、心不全等が過去に見られた」旨書かれている。

そして、「リュープリンは上腕部、腹部、臀部のいずれかの皮下に注射することで、徐々に薬の成分が放出され、効果を発揮します。

リュープリン3・75は、一回の注射で4週間(28日)、リュープリンSR11・25は、一回の注射で12週間(84日)効果が持続します。それを超える間隔で注射すると薬の効き目が弱くなりますので、必ず4週間または12週間に一回病院に行く事を守るようにしてください。

リュープリンの初回投与後初期には、一時的にテストステロン分泌が促されます。

これに伴って、熱感や骨疼痛の一時的な悪化がみられることがあります。顔面が赤くなったり、発汗を伴ったほてり（ホットフラッシュ）も多くの患者さんにみられる不快な症状です。

こうした副作用を軽減するために、少量の女性ホルモン剤などが投与されることもあります。

他には、尿路閉塞あるいは脊椎圧迫がみられるおそれもありますので、投与開始一か月間は患者さん自身も十分注意し、症状が現れた場合はすみやかに主治医に相談して、適切な指導や処置を受けてください」とある。

そして、愈々《いよいよ》この方針に従って二〇一四年二月二十一日より、このリュープリン注射と飲み薬の服用がスタートした。

そこで、この治療開始と同時に、筆者は今まで大事に保存していた「**ハナビラタケ**」の服用を始めた。

それは前にも記したように、高山から採って来たハナビラタケを自然乾燥し、粉末にしてガラス瓶に詰め乾燥剤を入れて密閉《みっぺい》して置いたもので、これをアイスクリームを食べる時に付いてくるプラスチックのスプーンに、「かっきり一杯ずつ毎朝夕食後」に飲むようにした。

　そして、その後は、二か月〜三か月に一度ずつ血液と尿の検査を行いながら治療をしていたが、その過程に於いて不思議な事に、この「ハナビラタケの粉末」を飲んでいるせいか、患者の大部分の人に現れるという「前出の説明書」にある副作用らしきものは全く起らないのである。

　それればかりか、日々の食事や体調も健常時と殆ど変わらず、従ってトイレへ行く頻度《ひんど》や睡眠時間などは、むしろ従来より可成り良くなって来た。

　尤もこれは、前出のリュープリン注射や投薬の効果によるものとも考えられるが、しかし、「副作用」が全く起らないのは、どう考えても不思議なのである。

　そして、それから丁度一年がたった二〇一五年の二月十三日、今回の血液検査の結果が

告げられた。

それはPSA値も0・04まで下がったので、今度は愈々「放射線治療」に入る事にするので、本部のA病院へ行って、そこの担当医の指示に従って治療を受けてくださいとの事であった。

それにより、本部のA病院の泌尿器科へ行き、放射線治療を始めることを前提とした諸検査を行い、放射線科へ回された。

そして、放射線治療を始めるに当たって、放射線科のM医師による問診があった。

それによれば、M医師は、「あなたの癌は、一般的な癌と違って顔が悪い！」という。

そこで筆者は、その意味が理解出来ず、それはどういうことですかと尋ねた。

すると、そのM先生曰く、この「顔が悪い」という表現は、業界語らしく、癌に冒されている部分の「形状」が悪いという意味であるという。

そして、M先生の説明によると、一般の前立腺がんは、丸い球のような形をしていて、そこからあまり動かず、転移し難いが、それに比べあなたの癌は歪《いびつ》になっている。

その為に、その歪になっている所の先端から他所へ動き出し、転移して行きやすいというのである。

そして、これは、前立腺がんの中でも非常に質《たち》の悪い癌で、他所へ転移しやすく油断出来ない癌であるという。

また、前立腺がんは、一般的には、特に骨に転移しやすい癌である。

しかし、幸いにして私の癌は、性質も悪く病期が進んでいるにも拘わらず、今のところ骨への転移は見られないということであった。

それにより、今後は、予定として三月六日より約二か月間に亘って毎日放射線による治療を行う旨の話があった。

そして、日曜祭日を除く約二か月間に亘る「予定表」を渡された。

また、それに先立って、
先ず、放射線を当てる場合は、それを行う「日にちと時間」を予約する。

そして、その日の決められた時間に病院へ行き、外来の待合室で待っている。

すると、改めて放射線を行う時間を告げられる。

そして、放射線室へ入る時間の直前ぎりぎりまで、待合室でトイレを我慢し、もし尿が膀胱一杯まで溜まっていなければ水を飲むなどして尿をためて待つように告げられる。

すると時間少し前に再び放射線の担当者が来て、尿が溜《た》まっているかどうかを口頭で確認する。

そして、溜まっている旨話すと、「じゃあ～、今やっている人の次にやるのでそのままスタンバイしているように」と念を押される。

そして、現在やっている患者が治療室から出て来ると、担当者が来て放射線室へ連れて行かれる。

すると、その入り口で改めて名前と生年月日を確認し、放射線治療を行う台へ導かれる。

そして、台に乗せられ仰向けになって放射線を当てる部位の位置を合わせるため、体を右へやったり左へやったり、上下に動かしたりする。

次に、位置が決まったら体のその部位にマジックで印をつけるために線を引く。

そして、このマジックの線は、次の日にまた目印に使うため、風呂へ入っても洗って落としたりしないように注意される。

そして、次の日には又この線を確認し、もし薄くなっていれば再び書き加えられる。

そして、放射線の照射をやっている間は絶対に体を動かしたり、咳払いをしたりしないように注意される。

しかし、どうしても咳をしたいときやおしっこが我慢できない時は、このボタンを押すようにと言われ、プッシュボタンの付いたものを手に握らされる。

そして、いよいよ放射線照射が始まる。

その後、この放射線照射は約二十分間位で終了する。

しかし、膀胱一杯に溜まっている尿は、放射線室へ入り治療が終わり退室するまで歯を食い縛って我慢をしなければならないため、終わると同時にトイレへ駆け込むのである。

このように、尿を膀胱一杯に溜めた状態で放射線を当てることによって、腸など他の部位に放射線が当たって傷つけるのを防ぎ、その傷によって前立腺と腸が癒着したりする弊害《へいがい》を出来るだけ少なくし的確に治療ができるとのことであった。

しかし、このように尿を膀胱《ぼうこう》一杯に溜めてから治療が終わるまで、二時間近くにも亘ってトイレを我慢をするのは非常に厳しく辛いものであった。

そして、この苦しい治療が、日曜祭日を除く毎日四月二十四日まで続き、都合三十六日間行い、ようやく終了したのである。

しかし、途中で一度だけどうしてもトイレが我慢できず、非常ボタンを押し放射線を中止し、トイレに行った事があった。

そして、このためかどうかは分からないが、最後に放射線治療が全て終了し、それから暫くして血便が出たため、大腸の内視鏡検査を行ったところ、一部、前立腺と大腸との癒着が見られるとのことであった。

このように、一連の放射線治療も無事終了し、後は元のH病院へ戻り、今後はまた、従来どおりそちらの方で診察をして頂き、そのH病院の検査結果表を持ち、当院へは半年に一度「外来」として来て、診察すればよいという事になった。

その結果、また元のH病院に於いて治療を続ける事となったのである。

そして、その後も以前と同じく、リュープリンの注射と投薬による治療を続けたが体調は極めて順調で、ＰＳＡ値が０・０１に下がり、同七月三日からは、投薬のビカルタミドを中止し、リュープリン注射とタムスロシンとベシケアと酸化マグネシウムの服用で良いということになった。

そして更に、同十月二十三日には、ＰＳＡ値が０・０１で落ち着いているため、この時から、リュープリン注射の方もＳＲ11・25に切り替え、診察も三か月に一度で良いということになった。

しかし、例の「ハナビラタケ」の服用は、従来どおり毎日スプーンにかっきり一杯ずつ、朝夕の食後に続けた。

そして、その後もなんの副作用もなく、体調も極めて順調に推移し、毎日の日課である朝晩の柔軟体操と約一万五千歩のウォーキングも続けて行った。

そして更に、それから半年後の翌二〇一六年四月八日には、遂にPSA値が0・00となった。

そして、その後もPSA値が0・00で推移したため、同九月二十三日からは、タムスロシンとベシケアの服用もやめ、リュープリン注射のみの処方となった。

更に、それから三か月後の同十二月六日には遂に、リュープリン注射もしなくても良いということを告げられた。

そして、今後は診察も半年置きで良いということになり、二〇一七年六月二十九日に診察を受けた。

そして、その結果、遂に、今回もPSA値が0・02で全く問題がなく、待ちにまった「**完治状態**」になった旨告げられた。

その為、今後は、「念のため一年に一度だけ血液と尿の検査をして行けば良いでしょう」という事になったのである。

一方、放射線治療をやったA病院のM医師の方へは、放射線治療後は、H病院の主治医であるO医師より発行される血液検査の結果表を持って、半年に一度ずつ診察に出向いていたが、これも同年九月十二日に診察の結果、「あなたの癌は、『**ほぼ完治**』と言える状態になりました。

これは、レントゲン撮影をしても全く映らないし、癌が消えたという事です。

今後は、ＰＳＡ値が『４・０』くらいになれば、改めて検査する必要があるが、『２・０』以内位に推移していれば、全く問題はありません。

従って、本日を以って診察も終了し、後は体に特別な変化がない限り来なくても結構です」、とのコメントを頂いた。

そして、これにより、四年半にわたるA病院の通院も遂に終了する事となったのである。

このように、二つの病院を股にかけ、治療を行って来た筆者の前立腺がんは、その治療に当たって下さった医師たちの的確で献身的な手当てが功を奏した事は勿論の事であるが、本書の主題である「天然のハナビラタケ」を毎日服用することによって、放射線や諸服薬による「副作用」も全くなく、通常と変わりの無い生活をしながら「完治」出来たことは、紛れの無い事実なのである。

そして、この癌の発症が発見されて以後、満五年を過ぎた現在に於いても、再発の兆候は元より、従来と変わらぬ健常者として、毎日パソコンによる諸書の執筆やウォーキングや山野の探楽に勤《いそ》しむ事が出来ているのである。

しかし、その後も油断せず、現在に於いても「ハナビラタケの粉末」は、量を少々少なくしているが、毎日朝晩小さじ一杯ずつ切らさず飲んでいる。

それは、このハナビラタケのような自然から与えられたものは、幾等飲み続けても、人間が造った「医薬品」のように、長く飲み続けるとそれに対する「耐性」が発生し、効かなくなったり、効き目が薄らいだりするというような事もないのではないかと考えるからである。

そして重ねて言うが、このように健常者と何ら変わりなく日々を過ごしていられるのも、偏《ひとえ》に、名医に恵まれた事と、この「ハナビラタケ」という天から与えられたキノコのお陰によるものと考え、感謝しつつ「日々是好日」として毎日過ごす事が出来ているのである。

症例二（多臓器がん）

筆者の二女は、S市に住むI家の長男の元へ嫁いでいる。

この症例は、その家のおじいちゃん（義父）の弟（K義叔父）の事である。

そして、その二女は、近くに住んでいるせいもあり、我が家とはしょっちゅう行き来し、その度に何や彼や、親である私たちの好きなものを買って来たり、インターネットで調べては、色々な店を歩いて、病弱な母に合った、介護用品・栄養剤・薬用品等を買って来ては良く面倒を見、色々と親孝行をしてくれ、筆者も大いに助かっている。

妻は、筆者と結婚して以来、色々な病やアクシデントにより、現在まで、実に十三回も入退院を繰り返すという強者《つわもの》？である。

その妻が産んだこの二女の誕生は大変であった。妻が妊娠して八か月に入ったばかりの時に急に破水を起こしたのは、北風の吹く寒い正月の夕方であった。そこで直ちに産婦人科へ連れて行った。

すると、「担当医は、現状ではあまり動かさない方がいいので、暫く入院して様子を見ましょう」という事になった。

そのため筆者も、妻を入院させ一安心したので、次の日からまたいつものように会社へ勤めに出た。

ところが、それから数日後、筆者が勤めに出ている留守中に、突然、医師が妻の病室にやって来て「あなたのお腹にいる子供の現在の状況は、徐々に心臓の動きが弱って来ており、このままにしていると親子共に危険な状態になる事も考えられます。」と言い、更に続けて「唯一助かる道は、お腹の子の頭に傷を付けて、死産の形で流産させるか、帝王切開をして取り出すかのいずれかです。しかし、例え帝王切開をして取り出しても、この子が二〇〇〇グラム以下しかなければ、今の医学の技術では助けることが難しいんです。そうなれば、態々《わざわざ》帝王切開をして痛い思いをするよりは、前者を選んだ方が良いとも考えられます。

そこで、二者択一になりますが、決めるのは貴方です。さてどうしましょうか」と言われたという。

しかし妻は、突然そのようなことを言われても、夫も留守の事であり、一時頭の中が混乱して答えに窮したが、そこは女である。

また直ぐ我に返り、母親としての母性本能を取り戻した。

そして妻は、即座に「何言われるんですか先生っ！　このお腹《なか》を触ってみてくださいっ！　ほら！　こんなに元気に動いているじゃないですか！

私には、この子の頭に傷つけて死なせることなど出来ませんっ！　私などどうなっても構いませんっ！　直ぐ帝王切開をしてこの子を助けて下さいっ！

そして、その上で二〇〇〇グラム以下であったというなら諦めるしかありません！

お願いしますっ！

いま直ぐに切ってください。

お願いしますっ！」と言ったという。

すると、担当医も承知して、「直ちに手術の準備をしますから少し待ってください」と言って出て行かれたという。

それから間もなく妻は手術室へ呼ばれた。

そして、丁度十二時を回ったころから帝王切開が始まった。

しかし、この帝王切開は、妻にとっては、長女の時に続いて二度目に当たるものであった。

そして、無事帝王切開も終わり、先に病室へ戻っていた妻の元へ、今度は看護師がやって来た。

そこで看護師は、開口一番！。

「Sさん！　おめでとう！

二二〇〇グラムありましたよっ！

女の子ですよっ！

もう大丈夫です！

あの子は間違いなく助かりますよっ！」と言ったという。

そして妻は、それから傷が治るまで十日余り入院した後、退院して来た。

しかし、生まれた時は、まるで一握りの「湯飲み茶碗」のように小さな頭と、「柄杓《ひしゃく》の柄《え》」のように細い腕で、ガラス箱へ入れられ、目をつむり真っ赤になって夢中で踠《もが》いていたその子は、母親に遅れる事一か月程して、無事退院することが出来たのである。

しかし、この子は、未熟児で生まれたせいで、退院はしたものの、体は普通の子よりは遥かに小さく、一見、本当に無事育つのかな?と心配になるような状態であった。

ところが、この子は退院するや「人工ミルク」をどんどん飲み、二年が過ぎるころからは、ミカンを買って来ると箱を抱え、お菓子を買って来れば袋を握り締めて離さず、親の心配もどこ吹く風とばかりに食べに食べた。

そして、そのせいか、見る見るうちに普通の子に勝るとも劣らないような立派な体に育ったのである。

このように、数奇な運命を背負って生まれた二女も、今や女子大生の母親になっているというのであるから、人の運命と言うものは分からないものである。

そして、よく世間では、子供を持つなら女の子がいいなどと都合のいいことを言うが、もしあの時、妻が、筆者の留守を気にし、自分だけでは決めかねて躊躇していたら、今はどうなっていたかと思うと、背中に冷たいものが流れる思いがするのである。

しかし妻は、自分の身を挺《てい》して即決したからこそ、現在の幸せがある事がしみじみと思いだされ、日々感傷に耽《ふけ》る今日このごろである。

さて、前置きはこの位にして

そんな中、その二女が二〇一七年十二月に我が家に来た折に、突然「今、うちのおじいちゃん（義父）元気がなくて困ってるのよ！」という。

そこで、筆者が「なにっ！　どうしたんだっ！」と聞いたところ、原因は次のようなことであった。

それは、おじいちゃんの直ぐ下に当たるK義叔父さんは、現在K市に住んでいるが、先月末ごろから元気がなくなり、体調が思わしくなく、急にご飯が食べられなくなってしまった。

そこで、この地方でも有名な市内の大きなS病院へ行き、内科の先生の問診を受けた。

その結果。

これは「精密検査を受けたほうが良い」と言われ、数日後に、体全体の精密検査を行うことになった。

そして、それから数日後、体全体にわたり徹底した精密検査が行われた。

その結果、大事な話があるので家族も一緒に来るようにと言われたという。

そこで、家族同伴で外来へ行き、検査の結果を聞く事となった。

すると、家族のみ別室へ呼ばれ、詳細な話を伝えられた。

ところが、その精密結果の結果は、意外にも、思ってもいなかった深刻な話であった。

それは、K義叔父さんの症状は、現在「膀胱」に発症した癌が、「胃や肺など体全体」

に転移し、手術はおろか手の施しようがない状態であると告げられた。

そして、この癌の現在の進行状況は、ステージ5の末期がんであり、余命幾許《いくばく》もないということであった。

そして、「誠に残念ですが覚悟はしておいてください」と言われたという。

「しかし、一日でも長生きしていただくために、延命策として、今後放射線治療と、それに合わせて抗癌剤の投与をして行く事と致します。

そのようなわけで、出来るだけのことは致しますが非常に厳しい状態です」ということであったという。

しかし、突然、このような降ってわいたような寝耳に水の話を言われても、あまりにも衝撃が大きく、ただただ驚愕し、頭の中が真っ白になり、茫然自失で、家族みんなで本人に隠れて大号泣する事しか出来なかったというのである。

実は筆者も、今から三十五年前、妻の母である義母が、膵臓に発症した癌が元で、肝臓から卵巣にまで転移し、手の施しようのない末期がんの状態で発見され、家族や身内一同にそれを告げられた。

しかし、突然そのような話を聞かされても、ただ慌てふためくばかりで、どう接していいのか分からず、大変な思いをした経験がある。

ましてやこの時は、高校受験を控えて、夜中まで猛勉強中の中学三年の長女や、中学進学を前に、うきうきしている小学校六年の二女も居り、この子供たちも、なんとなくその雰囲気を感じ取り、「ねぇー、どうしたのっ！　おばあちゃん大丈夫？」と聞かれても、「大丈夫だよ、必ず治るから」と、言うことしか出来なかった。

そして、それから七か月に亘って、妻は、遠く離れた実家へ泊りがけで入院中の母の看病に行っているし、自分は勤めの傍ら休みには、子供たちを連れてその義母の元へ見舞いに行っていたが、子供や患者の前では、その余命幾許《いくばく》もない事を知りつつも、何食わぬ顔で平静を装う時の、あの胸が張り裂けるような辛さは、もう二度と御免だと幾度思った事か。

それを思うと、この家のこの時の情景が痛いほど分かるのである。

そして、この話は直ぐS市に住む兄（筆者の二女の義父）の元へも齎《もたら》された。

この義父には、兄弟が八人もいるが、中でもK義叔父は性格も似ており、兄弟の中でも特に気の合う弟であるため、行き来も密で、おじいちゃんの落胆は大きく、日常の会話もしなくなってしまい、傍《はた》で見ていても気の毒で見ていられない状態だというのである。

そこで、その話を聞いた筆者は早速……

「アッ！　そうだ！　あれだ！　あれをやろう！」

あれなら何とか助けられるかも知れない！と直感した。

そして、筆者は、直ちに長い間大事に保管している「ハナビラタケの粉末」を取り出した。

そして、これは一般では中々手にすることの出来ない貴重な物だ！

しかし、あの時に味わった苦い経験を、他の者には二度とさせたくない！

これは、その為に「家族のために！　身内のために！」と、体を張り、真夜中の二時に起き、十余年も掛けて漸く手に入れ蓄積し、大事に大事に保管して置いたものであるが、これを利用するのはこういう時のためだっ！

可愛い娘の家庭の心配は、我が家の心配でもある。

この「ハナビラタケ」をやろう！

ヨーシ！　数年前に起きた自分の前立腺がんの時の経験からしても、これを飲ませれば必ず良くなる筈だっ！

待ってろよ！　俺が必ず治して見せるからっ！

そうと決めたら早い方がいい。

そして、早速その「ハナビラタケの粉末」を、湿気を呼ばないように密閉した小さな空きビンに詰めた。

そして、娘の言うK義叔父さんの病状は、もう助かる見込みのない末期がんであるという。

ならば、自分の時の、毎日朝夕一回ずつ、アイスクリーム用のプラスチックのスプーンにかっきり一杯ではなく、思い切って、朝昼夕の三回を飲ませてみようと考え、それと同じスプーンを添えた。

そして娘に、これはお前も知っているように、お父さんが可成り厳しい前立腺がんに冒された時に飲んで助かったものだっ！。

これにインターネットで「ハナビラタケの効能」のところを検索して、肝心な所だけをプリントし、それを添えておじいちゃんに、K義叔父さんの所へ直ぐ持って

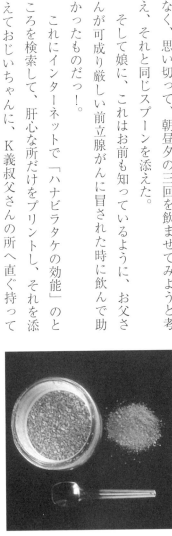

行って、このスプーンにかっきり一杯ずつ、朝、昼、夜に飲ませるように言いなさい！

　そして、これは、お前も知っているようにインターネットに載っているような「人工栽培」のものではなく、お父さんが苦労して採って来た正真正銘の「天然物」で、全く混じり気の無い１００％のものだっ！

　これを飲めば必ず良くなるからと言いなさいっ！

と言って二女に持たせた。

　すると、それを見たおじいちゃん（義父）は「う〜ん！　これは効くかも知れないな！」と言ったという。

　そして翌朝、それを持って早速Ｋ市の弟の元へ走った。

　そして、筆者の指示したとおり、一緒に添付したスプーンにかっきり一杯ずつ、朝、昼、夜、の一日三回ずつ飲み続けさせたのである。

そして、それから一月足らずしてK義叔父さんからの情報が入って来た。

するとどうであろう。

その結果は、予期した以上の朗報であった。

それによれば、筆者から指示されたとおりに、朝、昼、夜と添付したスプーンにかっきり一杯ずつ毎日服用しているが、あれから間もなくご飯が食べられるようになり、顔色も良くなり、元気も出て、順調に過ごしていると言うではないか。

そして、それから一月半くらい経ったある日曜日、また二女がやって来た。

そして、その二女が言うには……

昨日、K義叔父さんからおじいちゃんに電話があって、この「ハナビラタケ」は、間違いなく良く効くということが分かったので、無理を言って誠に申し訳ないが、もう少し分けて頂けないでしょうか、という事であった。

そこで、筆者は、また前と同じようにガラスの小瓶に入れ、兎に角「切らさずに続けて飲むように」とのコメントを添えて持たせた。

そして、更に二週間位過ぎたある日曜日。

また娘がやって来た。

そして、K義叔父さんねっ！

それからも、放射線や抗癌剤の副作用も殆ど出ないし、健常者のように元気になり、散歩をしたり、自分の好きなことをしたりしていて凄く順調らしいよっ！とのことであった。

そして、次の週の日曜日にまた二女がやって来た。

娘が言うには……

昨日おじいちゃんの所へK義叔父さんから電話が来てねっ！

「兄貴っ！　俺っ！　今日はうれしくて電話したんだよっ！」と言ったという。

そこで、おじいちゃんがどうしたんだっ！というと、

「実は今日！　この前やった精密検査の結果が出たんだけど、それによると、今まであった各部位の癌が可成り小さくなっているし、肺に見られた白い影も可成り薄くなっていて、各部位全体に見て、非常に良い結果である」と言われたというのである。

そして、主治医は……、

「それにしても不思議だ！　奇跡が起こったようだ！　余程抗癌剤が効いているんですねぇー？」と言って、首を傾げるような表情であったという。

そこでK義叔父さんが、「実は……」と、この「ハナビラタケ」の話をしようと思った

が、先生が一生懸命になって自分のために治療に取り組んでいてくれることを考えると、どうしてもそのようなことは言えなかったというのである。

そして、この現象は、筆者が「ハナビラタケ」を差し上げて、それを飲み始めてから丁度三か月が過ぎたころの事であった。

そこで筆者も、これを飲めば必ず良くなるという信念を持って、油断しないで切らさずに続けて飲むように言ってやった。

そして、その後も、娘が来るたびに齎されるK義叔父さんの病状の情報は、日に日に良くなる事ばかりであった。

そして四月に入り、また娘がやって来た。

すると今度は……、
K義叔父さんねっ！　あまりに体調がいいので、一度は諦めていたN県で行われる同級会に出席しようと思っているんだってっ！と言う。

それにしても、この変調振りはどうであろう。

あの時、もし二女が我が家に来なかったら？

また、もし来たとしても、おじいちゃんに元気がないことを言わなかったら？

また、もし二女がこの家へ嫁いでいなかったら？

この「ハナビラタケ」を差し上げる事もなく、通院のみの治療で、今ごろは死線を彷徨《さまよ》っていたかも知れない。等々を考えれば、人間の運不運、幸不幸は、なんと奇怪なものであろうか。

そして筆者も、この話を聞いてすっかり嬉しくなってしまった。

そのような訳で、その同級会も実行され無事に帰宅されたが、その後も益々順調で、毎日毎日一生懸命ウォーキングに励んでいるとか、奥さんの仕事の手伝いをしに行っているとかと言う良い話ばかりであった。

歓喜のフィナーレ

そして、愈々《いよいよ》その日がやって来た！。

それは、前述のように、一度は絶望視されたK義叔父さんの「末期がん」に、終止符を打つ、文字どおり「歓喜のフィナーレ」の瞬間であった。

それは、梅雨入りを目前に控えたある晴れた日曜日の事であった。

この日も二女は、いつものように、「おじいちゃん（義父）がよこしたよぉ〜」と言って一抱えもある家庭菜園の野菜を持って玄関を入って来た。

そして、開口一番、「ジイジッ！（筆者）。K義叔父さんねぇっ！　遂に完治だってぇっ！」と言った。

そして、娘が言うには、今度病院へ行って最終的な精密検査をしたところ、今まで転移していた各部位の癌はおろか、主核となっていた癌も見事にきれいになくなり、「完治状態です！」と言われたという。

この完治状態という意味は、筆者の時もそうであったが、後々の再発などの事を考慮し、病院では完治していても決して「完治しました」と、断言的な表現をしないのが決まりのようである。

従って、このK義叔父さんの癌は、完全に「完治した」という意味と解釈出来、そのように受け取って良いのである。

そして、家族は帰宅の後、みんなでその喜びを分かち合い、感涙に咽《むせ》んだことは言うまでもない。

そこで、今度は家族が、患者本人に対して……

実は今だから言うけど！　本当はねっ！　お父さんは、最初に精密検査を受けた時っ！あたしたち家族が別室へ呼ばれ、「これは膀胱に発症した癌が、胃や肺などへも転移し、既にステージ5まで進んでおり、手の施しようのない状態の末期がんで、誠に残念ながら助かる見込みはありません。

これからは放射線や最新の抗癌剤の投与等によって出来る限りの延命策をこうじますが、覚悟をしておいてください！」と言われたんだよっ！と伝えたという。

すると本人も、その時のことを思い出し、自分の癌は他所へも転移し、多少進んでしまったとは思っていたが、まさかあの時、そのような危機的状況にあったとは考えもせず、ただ驚愕し、一時茫然自失の体《てい》となったが、その後は我に返り、よくも助かったものだなぁ〜、と感激し、言葉もなかったという。

そして二女は、ジイジの事、「命を救われました！」。「本当に命の恩人だ！」。と言って感謝していたよっ！、と言うのである。

そこで、それを聞いた筆者も、これは大方、予期していた事とはいいながら、本当に我が事のように嬉しくなり、ウルウルしてしまった。

人間、長い人生の中には、誰でも「生死を分けるような大きな出来事」とか「あの時、もしあの道を選んでいたら、今ごろはどうなっていただろうか？」等という事が一度や二度あるものである。

そして、それに遭遇した時に、如何にしてそれに対処し、乗り切るかによって、その人それぞれの幸不幸や運不運のレールが敷かれ、長い人生の布石となり、大方の人は可もなし不可もなしの人生を送り、寿命というものを迎えるのである。

それにしても、筆者の時もそうであったが、このK義叔父さんも、この「天然のハナビラタケ」という稀有《けう》の物質に巡り合い、それを偶然にも処方することによって、自らの寿命を永らえることが出来たのだという事を考えれば、人の運命というものは実に不思議なものであり、ただ偶然という一言では片づけられないような気がする。

そして、良く葬式や法事の時に「御坊さん」に聞かされる「説教」の中には、「生者必滅会者定離」という言葉が出て来る。

筆者は、宗教に関しては、何宗教に対しても特に思想的背景はないので詳しくは分からないが、それは読んで字の如く、「この世に生まれて来た者は、何時かは必ず滅し（死に）、この世で出会った者は、親子であれ、兄弟であれ、何時かは必ず別れる時が来る」という意味である。

このように、人間の「生死」は、一口で言うのは簡単であるが、折角、両親によってこの世に生を受け、幸不幸、運不運を背負いながら、夫々の人生を歩み、毎日毎日一生懸命生きている。

しかし、生まれた以上誰だって一日も長く生きていたいのは当たり前の事である。

そして、その「生」を保つことによって、その人と関わりを持つ家族や周りの人々に喜びや幸せを与え、逆に「死」は、自らの人生から未来永劫《みらいえいごう》あらゆる可能性を取り去ってしまうばかりでなく、それらの人々に悲しみや不幸を齎《もたら》してしまうのである。

そして、あのころ、何かに取り憑《つ》かれたようになり、あの山この山と歩き廻っていた事が思い出され、苦労して採って来た甲斐があったと心から思い、この「ハナビラタケ」の恵みに改めて感謝した次第である。

そして、このK義叔父さんは、現在（令和元年八月時点）、家族全員で一丸となり、「生きる喜び」を噛《か》み締《し》めながら、一生懸命家業に励んでいるという。

そして、近々「金婚式」を行う予定にもしているというのであるから、人間の幸不幸等と言うものは表裏一体であり、全く予期できるものではない。

それにしても、この地球という天体には、此処に存在するあらゆる生物を滅ぼそうとする物質と、真逆に、それを防御し存続させようとする物質が存在し、それらが互いに我々の知らない世界で、鎬《しのぎ》を削り戦っているという壮烈なドラマが展開される、全く摩訶不思《まかふし》議《ぎ》な星である。

そして、それを誰よりも早く見つけ出し、利用できたもののみがこの地球上に生き残る権利を与えられ、存続できるのではないかと思うのである。

それでなければ、このように、現代の西洋医学の粋を集めたような、大病院の名医であっても治すことの難しい病を、ただ一片のキノコによって救うことが出来る等とは、筆者自体、信じ難いし、このように解釈しなければ、このような結果に出るという事は説明がつかないのである。

著者略歴

白河 滑津男（しらかわ・かつお）

1937年　福島県生れ。
1964年　学卒後、家電メーカー、データー通信機器輸入会社などを経て石油化学系商社勤務、営業本部長、取締役などを歴任。この間、全国各地の史跡を探訪し見聞、資料の蒐集を行う。
2004年　退職と共に上記資料を基に歴史書の執筆を開始し数書を出版。その後、一般書の執筆に移行し現在に至る。

自然界の不思議 ―天然のキノコがもたらした奇跡―
大病院の専門医に余命宣告された末期がん患者が……

2020年5月18日　第1刷発行

著　者　白河滑津男
発行人　大杉　剛
発行所　株式会社 風詠社
〒553-0001 大阪市福島区海老江 5-2-2
大拓ビル 5 - 7 階
Tel 06（6136）8657　https://fueisha.com/
発売元　株式会社 星雲社
（共同出版社・流通責任出版社）
〒112-0005 東京都文京区水道 1-3-30
Tel 03（3868）3275
印刷・製本　シナノ印刷株式会社

ISBN978-4-434-27484-8 C0077